JN114725

「もし、私がまたヤキモチを妬いた際は、
こうして抱き締めてくださいね」
死ぬ運命にある悪役令嬢の兄に転生したので、妹を育てて未来を変えたいと思います
~世界最強はオレだけど、世界最カワは妹に違いない~
1
泉里侑希
Illust
タムラヨウ

カロン
恋愛シミュレーションゲーム『東西の勇聖記』の悪役令嬢。ゲームでは悪のラスボスとして立ちはだかり、すべてのルートで死ぬ運命にある。ゼクスの導きですくすくと良い子に成長中。
ゼクス
フォラナーダ伯爵家の令息でカロンの兄。日本人として生きた記憶を持つ転生者。無能と蔑まれる無属性魔法の適性持ちだが、前世の知識を駆使して世界最強の魔法師への道を突き進む。

危険な輝きを放つ指先を斧使いに定めたまま、
オレは詠唱(コマンド)を口にした。
「【銃撃(ショット)】」

シオン
ゼクスの専属メイド。生真面目な性格だが、実際はかなりのおっちょこちょい。水・闇・風の属性を操る三重魔法師であり、カロンの護衛を務めることも。秘密を抱えているようで……。
オルカ
ビャクダイ男爵家の末子で『東西の勇聖記』の攻略対象のひとり。専用ルートではフォラナーダ伯爵家の養子となった末に伯爵家を簒奪する。まるで少女のような容姿だが、男の子である。

死ぬ運命にある
悪役令嬢の兄に
転生したので、
妹を育てて未来を
変えたい
と思います
～世界最強はオレだけど、
世界最カワは妹に違いない～
1
泉里侑希
Illust
タムラヨウ

# CONTENTS

# Prologue

五十畳以上はあるだろう広々とした部屋。一流の職人が作った鮮やかな絨毯が敷かれ、たくさんのオモチャが転がる場所。子ども部屋と言うには些か広すぎるそこに、二人の赤子がいた。

一人は真っ白な髪に薄紫の瞳を持った少年。オレことゼクス・レヴィト・ユ・サン・フォラナーダだ。もうすぐ二歳になる。

もう一人は妹のカロライン・フラメール・ユ・サリ・フォラナーダ。黄金の髪と真紅の眼を宿した女の子。つい先日、一歳の誕生日を迎えた。

両親に宛がわれた広すぎる子ども部屋で、オレたちは一緒に遊んでいる。

大量のオモチャが用意されているから退屈はしない。だが、大人が誰も傍にいないのは如何なものか。オレはともかく、妹に万が一があっては事だろうに。

心のうちで嘆息を溢しつつ、妹の相手を務める。

といっても、嫌々ではない。何となくヤレヤレ系主人公を気取ってみたが、オレは彼女と過ごす時間が大好きだった。

「にぃ、にぃ！」

花咲くような無邪気な笑みを浮かべ、一生懸命に兄を呼ぶ姿。これを見て、心を打たれない者はいるだろうか。いや、いないね！

妹の愛らしさに内心で身もだえながら、尊敬できる兄としての爽やかな笑顔を取り繕う。

「どーしたの、カロン」

「えへへ」

舌ったらずな発音で妹の愛称を呼ぶと、彼女は満面の笑みを浮かべた。オレに名前を呼ばれたことが、嬉しくて仕方ない様子。写真に収めたいほど可愛い。

「これ！」

ひとしきり笑った後、カロンは思い出したように、手にしたオモチャの積み木を突き出してきた。彼女の紅い瞳は、期待でキラキラと輝いている。

幼子らしい言葉足らずの要求だったけど、オレは何を求められているか理解できた。以心伝心……と言いたいところだが、単純に同じ状況を何度も経験していたに過ぎない。

「まかせろ！」

自信満々に答えると、周辺に散らばっていた積み木を掻き集め、オブジェを組み上げていく。

前に〝東京タワーもどき〟を作って以来、カロンは毎日「つくって！」とお願いしてくるようになった。可愛い妹の頼みとあれば断る理由はなく、オレは毎度それに応えている。

程なくして、オレの創作活動は終わる。

ジャジャーンと自ら効果音を口にし、カロンへ作品をお披露目した。

「こんかいは和風にせめてみた。オーサカジョーだぞ！」

「すごい、すごい！　わふー！」

子どもの作った出来損ないの城だが、カロンは大はしゃぎで喜んでくれた。「わふー、わふー」と繰り返す様子は本当に可愛い。思わず頬が緩んでしまう。

その後も、テンション高い妹に付き添って遊ぶ。

そうしていくうちに、疲れ果てたカロンは、うつらうつら船を漕ぎ始めた。

「カロン、おねむ？」

オレがそう尋ねると、彼女は眠そうな表情でコクリと頷いた。

「じゃあ、おとなを呼ぼっか」

室内にはオレたち二人しかいないが、何も完全に放置されているわけではない。扉のすぐ外には、何人かの使用人が待機していた。

彼らを呼ぶために立ち上がったところ、ギュッと服の袖が引っ張られる。言うまでもなく、カロンの仕業だった。

振り返ると、彼女は「いやぁ」と首を横に振っていた。どうやら、まだ遊びたいらしい。うつらうつらとしながらも、懸命にオレを引き留めようとする。

「もっと！」

涙目と上目遣いのダブルパンチ。これにはクラッと来てしまう。クリティカルヒットだった。

とはいえ、ここで妹の要求を呑むわけにはいかない。誰がどう見ても、彼女は眠る寸前なんだから。

オレは心を鬼にして告げる。

「だめだよ。もうねなくちゃ」

「いーや」

それでも駄々をこねるカロン。ブスッと唇を尖らせ、力なく頭を横に振った。

うーん。駄々っ子パターンに入ってしまった様子。これはこれで可愛いんだけど、彼女のためにも言うことを聞いてもらわなくてはいけない。

仕方ないので、オレは第二の手段を講じた。

「あー……オレもねむいかもー」

わざとらしく言い、大仰にアクビの仕草も見せた。

すると、カロンの態度は一変する。

「ねる！」

何とも素早い手のひら返しである。結局のところ、彼女はオレと一緒に過ごしたいだけだった。

カロンは、おもむろに両手を広げた。これは抱き締めてほしいという合図だ。眠る前にハグし合うのが、オレたち兄妹の恒例になっていた。

彼女の小さな体を抱き締める。赤子らしい温かく柔らかな体軀を、壊れない程度に精いっぱい抱く。

しばらく抱擁し合っていると、カロンの腕から力が抜け、規則正しい寝息が聞こえ始めた。夢の世界へ旅立ったらしい。

オレは彼女が起きないよう細心の注意を払いながら、優しく横に寝かせる。豊かな金髪に、白磁の如き白い肌。桜色の唇をムニムニと動かす姿は、可愛さが天元突破していた。まさに、地上に舞い降りた天使のようだった。

そんなカロンの寝顔を眺めながら思う。

こんなにも愛くるしい彼女が非業の死を遂げる運命にあるなんて、世界はどうしようもなく残酷だと。

# Section1　ゲームの世界

カロンことカロライン・フラメール・ユ・サリ・フォラナーダは、非業の死を遂げる運命にある。

どうして断言できるのか。それを説明するには、まずオレ自身の秘密を語る必要があるだろう。

感づいている者もいるだろうが、オレ――ゼクスには、生まれながらにして前世の記憶が存在した。二十一世紀の日本で生きた二十七歳男性保育士の記憶が、しかと脳裏に焼きついているんだ。いわゆる、異世界転生者という奴(やつ)である。

生まれ変わった直後は、酷(ひど)く混乱したものだ。何せ、死んだかと思った次の瞬間には赤ん坊になっていたんだから。自分が小説や漫画のような事象を経験するとは夢にも思うまい。

最初のうちは、ウェブ小説でよくある転生者らしい生活を送っていたと思う。周りのヒトの会話に聞き耳を立てて世界の情報を集め、この世界に魔法が存在すると知ってからは、瞑想(めいそう)などで魔力の鍛錬を始めた。

しかし、一歳の誕生日を迎える一ヶ月前――カロンの誕生により、自分がどのような世界に転生したかを突きつけられた。

ここは前世で販売されていたゲーム、『東西の勇聖記(ブレイブセイント)』と同一ないし類似した世界だと、オレは悟ってしまった。

何故かといえば、主人公の片翼――聖女側の物語で、妹のカロンはラスボスとして登場するためだ。名前も、金髪紅目という容姿も、年齢以外はゲーム内の彼女と同じなので、まず間違いない。

元々、嫌な予感はしていたんだ。耳に入る単語はどことなく覚えのあるものばかりだったし、自分の名前にも何故か聞き覚えがあった。当然である、全部ゲームで見聞きした代物だったんだから。

一年も気づかなかったのには確かな理由があるんだが、今は関係のない話なので置いておく。

もっとも重要なのは一つ。ここがゲームと同一ないし類似している世界なのであれば、ゲームと同じ結末が待っている可能性があるということ。つまり、カロンはラスボスとして主人公の前に立ちはだかり、その命を散らすんだ。それはもう容赦なく、すべてのルートにおいて、彼女の死にざまは用意されていた。

朝起きると「おはよ」と頬笑む天使が死ぬ?

ご飯の時、〝あーん〟をしてあげると、キャッキャと喜ぶ愛しい子が死ぬ?

何か新しいことをする度に、オレへ「できた！」と報告してくれる健気な妹が死ぬ?

就寝の際、ギュッと抱き着いて笑うカロンが死ぬ?

こんなにも可愛くて、無邪気で、無垢で、愛おしくて、さらにはオレを健気に慕ってくれる彼女が死ぬだって?

――そんなこと、許せるわけがない！

自分の身を案じるのなら、運命に抗わず、見て見ぬ振りをするのが一番なんだろう。運命がどれくらい強力な事象かは知らないけど、原作で一切救われなかった彼女を生存させるのは、生半可な努力では達成できないと思う。

でも、オレにはできない。確実な死が待っている最愛の実妹を見捨て、自分だけヌクヌクと生き残るなんて無理だ。

だって、カロンを家族として愛してしまったから。無償の愛を向けてくれる彼女に対し、無関心を貫けるほどオレは薄情ではないんだ。共に過ごせば過ごすだけ、際限なく愛情は募っていった。今では、カロンの死の瞬間を想像するのもツライくらいだった。

だから、オレは戦うと決めた。己の持つ前世の知識を活（い）かして、世界の運命を変えてやろうと決意したんだ。

『東西の勇聖記（ブレイブセイント）』は、アクションＲＰＧ要素を多分に含んだ恋愛シミュレーションゲームだ。分岐や遊びが多く、前世のオレもかなり熱中した。

開始時に選んだ性別によって操作キャラが変わるタイプのゲームなんだが、カロンが登場するのは女性側だけなので、男性側の説明は一旦置いておく。

物語は王道に則（のっと）っている。養護施設出身の主人公が学園入学時に聖女に選ばれ、その生活の中で魅力溢(あふ)れるヒーローたちと出会い、絆(きずな)を育んでいくものだ。一部は学園を舞台にした青春モノ、二部は封印が解けかけている魔王を封印し直す旅に出る冒険モノ、三部はヒーローとの個別ルートという三部構成になっている。主人公が転生者だとか流行に乗った要素も詰め込んでいるが、基本的にシンプルである。

といっても、物語の比重は学園編が大半だった。十六から十八までの三年間でレベルと攻略対象との絆を上げ、魔王封印の旅で個別ルートを確定させる。

ぶっちゃけ、魔王封印は結構雑な扱いだった。ルートによってはアッサリ済ませて、さっさと三部へ移行してしまう。

まぁ、大昔に倒された魔王の封印を、百年ごとに選ばれた勇者や聖女が手直しするだけだから、そこまで必死になる要素はないんだろう。ゲーム内でも『次代の若者に国家の安寧を託す、儀式のようなもの』と発言され、深刻さは見られなかったし。事実、登場する仲間キャラは若輩ばかりだった。

というわけで、勇聖記(ブレイブセイント)の主な舞台は学園だ。

オレらの住むカタシット聖王国は封建制を主体としながらも、百年前より実力主義を一部導入している。優秀な人材を発掘する一環として、十六を迎える国民は学園へ通うことが義務化されていた。入学から成人までの三年間で研鑽(けんさん)を積み、成績に応じて就職先が決まる仕組みだ。原作では、学園の成績に応じてエンディングの種類が分かれたりもしていた。

ここからは推測になるが、学園の成績でエンディングが左右されるのなら、その生活次第でカロンの運命も変えられるのではないだろうか。実際、カロンのラスボスに至る要因の多くは、学園生活の中で積み重なっていったように思える。

つまり、卒業手前の十八——短くとも入学時の十五歳まで、カロンの命には猶予があった。十年以上の期間があるのなら、何かしらの対策が打てる可能性は高い。オレの腕の見せどころだった。

では、どのような策を講じるべきか。

オレは三つの指針を立てた。

一つは力をつけること。この世界は他の異世界ファンタジー作品の例に漏れず、弱肉強食を良しとする部分がある。学園でも武力向上は優先事項であったので、今後降りかかる難事をはね除(の)ける力は必要だ。

二つは人脈を広げること。色々な物語が示しているように、いくら力があっても、ヒトが単独でできることなんて高が知れている。信用できる仲間を作れば、いつかきっと助けになるはずだ。

最後、これがもっとも大事だ。それは、カロンを正しく育てること。

原作ゲーム上のカロンは、ワガママで嫉妬深く傲慢という酷い性格をしていた。だからこそ、魔王の誘惑に堕(お)ちてしまい、主人公たちに倒されてしまうんだ。

ここで、オレは発想を逆転させてみた。

まっとうな性格をしていれば、誘惑に負けず、主人公たちとも敵対しないんじゃないか？

この考えに至った理由は、オレがカロンの兄に転生し、フォラナーダ家の環境を実体験したためだった。

実は、オレたちの両親であるフォラナーダ伯爵夫妻は、親としては失格と言わざるを得ない人物なんだ。愛でる時はとても甘やかしてくれるものの、ほとんどの時間は放置される。面倒な世話は使用人に投げっぱなし。一方、世話を任された使用人もやる気がなく、食事や下の世話の時以外は全然相手にしてくれなかった。

オレに前世の記憶がなかったら、愛を知らない捻じ曲がった性格に絶対育っていただろう。原作でのカロンの立ち振る舞いも納得である。

おそらく、フォラナーダ夫妻は、オレたち兄妹にアクセサリー程度の愛着しか抱いていない。ゆえに、自分の好きな時に甘やかし、面倒ごとは放置するんだと思われる。

そんなわけで、家の環境が悪いと察したオレは、両親に代わって妹に愛を注ぐことにした。歳の差が一歳未満の兄妹のため、できる範囲は限られていたが、大半の時間を一緒に過ごし、家族としての愛を毎日口頭で伝え、道徳的な絵本を読み聞かせ続けた。

前世の職だった保育士の経験が活かせたと思う。子どもの世話は問題なくこなせたはず。

お陰で、今のところカロンは優しい子に育っている。動植物を愛で、オレや使用人にも穏やかに接している。どこに出しても恥ずかしくない伯爵家の令嬢だった。

このまま、優しく真っすぐな女性に成長してほしいと、心より願うよ。

　カロンの世話を続けること二年、オレは三歳を迎えた。現状、オレの打ち出した方針は上手(うま)く運んでいる。カロンは、二歳になった今も優しい女の子だ。

「おにいさま、チョウチョです！　あちらにチョウチョがいます！」

「あれは――魔光蝶(ちょう)っていう種類だな。大気中の魔素がキレイな場所の、育ちのいい花畑にしか現れない、貴重な蝶らしい」

「マコーチョウ……。さすが、おにいさま。ハクシキ？　ですね！」

「ふふ、ありがとう。カロンも、よく〝博識〟なんて難しい言葉を知ってたな。カロンも博識だよ」

　チョウチョを見つけて大はしゃぎするカロンの頭を撫(な)でると、彼女は嬉(うれ)しそうに目を細めた。

　オレたち兄妹は日課の庭園の散歩をしているんだが、相変わらず妹は可愛い。日光を反射して輝

く金髪に、太陽のように鮮やかな紅目。原作でも、表向きは『陽光の聖女』なんて通り名だったので、日輪の申し子と評しても過言ではないだろう。

また、それは見た目だけの話ではない。

「私(わたくし)たちがマコーチョウを見られたのは、ニワシのかたが毎日てーねーにオハナさんたちのお世話をしてくださっているお陰ですよね。あとでお礼を申しあげておかないと」

「そうだな。散歩の後にでも声をかけよう」

「はい！」

このように、他者へ感謝できる心優しい子でもある。内外ともに素晴らしいなんて、我が妹は完璧すぎる。自分の語彙力の足りなさが恨めしくなるほどだった。

カロンの愛らしさにヒッソリ身悶(みもだ)えていると、ふと、彼女が表情を陰らせた。視線の先には、庭園の花畑が広がっている。

いったい、どうしたんだろうか。

「どうしたんだい、カロン？」

「えっと……」

オレが問いかけると、カロンは僅かに躊躇(ちゅうちょ)した態度を見せた。

しかし、すぐに考えを改めたのか、首を横に振って口を開く。

「オハナさんをお部屋にかざりたいと思ったんですが、オハナさんがかわいそうかなと」

そう語るカロンは、少し気落ちした表情を浮かべていた。

本当に優しい子だ。原作での横暴な姿は、今の彼女には見る影もない。

オレは頬笑みながら、カロンの頭を柔らかく撫でた。

「折り紙でお花を作ってみよう。それなら、お花さんたちは可哀想（かわいそう）じゃないし、お部屋も華やかになるよ」

「オハナさんをつくれるんですか？　すごいです、おにいさま！」

オレの代案を気に入ったようで、彼女は満面の笑みでピョンピョンと飛び跳ねる。めっちゃ可愛い。

こんなにも慈愛溢れるカロンなら、死の運命なんて訪れるはずないだろう。

だが、気を抜くわけにはいかない。まだ二歳。今後、性格が変わっていく可能性は十分にある。それに、ゲームに類似した世界なだけあって、同じ運命に収束しようとする強制力があるかもしれない。絶対の安全が確保されるまで、オレは安心できなかった。

可愛い妹は、何としてでも守ってやる。オレはそう改めて決意した。

カロンを守るためには、オレ自身が力を持つ必要もあった。いくら前世の知識を有しているとはいえ、知恵のみで乗り越えられるほど現実は甘くない。

幸い、前世の知識には、この世界で強者へ至る方法も含まれていた。今までは体が出来上がっていなかったため、魔力量増加や魔力操作力向上の鍛錬のみ行っていたが、そろそろ次の段階に入っても良い頃合いのはず。

大雑把な方針として、肉体面の強化および武術の習得と魔法の鍛錬である。

前者は前世の鍛錬と変わらない。走り込みで体力をつけ、筋トレなどで筋力を増強する予定だ。ただ、『幼いうちに筋肉をつけすぎるのは良くない』なんて話を耳にしたことがあるので、様子を見ながら鍛えようと思う。あとは柔軟もやっておこう。体を柔らかくしておけば、その分だけケガのリスクは減るんだから。

後者は、原作知識を役立てようと考えている。その方が強くなれるというのもあるんだが、主な理由は別にある。

実のところ、一般に広まっている知識では、オレは強くなれないんだ。というか、原作知識を動員しても先行きが不透明だったりする。

何故なら、オレの体質に問題があった。

この世界の魔法には【属性】という適性が存在し、基本的には先天性の代物だ。生まれつき火属性のみの適性を有している者は、一生火属性しか扱えないわけである。

その適性は、術者の容姿から大雑把に判断できる。適性に応じた色が、髪や瞳に現れるんだ。火なら赤、水なら青、土なら茶、風なら緑、闇なら紫、光なら金といった感じ。複数属性持ちなら色が混ざるか、髪と瞳で異なった色になる。たとえば、カロンの場合は金髪紅目なので、光と火属性持ちということだ。

ちなみに、光属性は非常に希少で、原作の女主人公も光属性なんだが、その辺りは後日語ろう。

閑話休題。

この魔法適性が、オレの抱える問題に関わってくる。ここで振り返ってみよう、オレの髪と瞳の色を。白髪にめちゃくちゃ薄い紫眼である。

察しの良い人間なら理解できたかもしれないが、白に該当する属性はない。つまり、オレの魔法適性は無属性となる。一応、闇の適性もほんの僅かに混じっているが、魔法として使いものになるレベルではなかった。

この世界において、無属性は無能の証(あかし)だ。無能者や色抜け、色なしなんて蔑称で呼ばれることが多く、『生まれながらにして魔法師の道を閉ざされた落伍者(らくごしゃ)』のレッテルを貼られる。魔法至上主義の傾向が強い世論的に、その評価は致命的だった。

何故、無属性が魔法師失格とまで言われるかといえば、無属性は魔法を【現出（クリエイト）】できないからだ。

この世界の魔法は、発動させる手順が明確に決まっている。

第一に、大気中の魔素を取り込む【吸収（アブソーブ）】。

第二に、体内に取り入れた魔素を魔力に変える【変換（カラーリング）】。

第三に、繰り出す魔法の形を想像する【設計（デザイン）】。

第四に、【設計（デザイン）】を与えた魔力を体外へ放つ【放出（リリース）】。

最後に、体外の魔力を【設計（デザイン）】通りの魔法へ変える【現出（クリエイト）】。

この五工程をこなして、初めて魔法は発動するんだ。

ところが、無属性は最後の工程である【現出（クリエイト）】ができない。どう頑張っても、魔力を魔力のまま扱うしかなかった。

何とか【現出（クリエイト）】する手段はないかとも悩んだけど、前世でのゲーム開発陣が無理だと明言していたので、望みは薄いだろう。変に期待するよりは、別の方法を探す方が得策だと思う。

魔法が無理なら、魔力のまま活用すれば良い。幸い、【現出（クリエイト）】しなくとも【設計（デザイン）】通りに魔力は動かせる！

――と、考えるかもしれないが、それも現実的な手段ではなかった。

というのも、魔力とは純粋なエネルギーなんだ。実体を持たない幽霊みたいなもので、物理に干渉するのは難しい。攻撃や防御に活かすなんて、夢のまた夢だった。

無属性持ちの絶対数が少ないとはいえ、この世界の住人もバカではない。一通りの研究はしたと思われる。その末に無能と呼ばれているんだから、簡単に起死回生の何かが見つかるはずはなかった。

だからこそ、オレは原作知識を使って、魔法系統の技術を鍛えるしかない。現時点の一般知識では、とても無属性を活用することはできないために。

ただ、ここまで絶望的な見解を話したけど、強くなれる可能性はゼロではない。

原作ゲームにて、とある研究者が無属性に関する情報に、いくつか言及していたんだ。それは、今後の研究結果次第という、あやふやなものだった。

だが、オレにとっては希望の種といっても過言ではない。原作内でわざわざ触れられた内容が、まったくの見当はずれの確率は低いだろう。何より、オレには他に頼れる術がないんだから。

もし、原作の言及が正しかった場合、オレは最低でも二十年は先行した技術を扱えることになる。これは大きなアドバンテージだった。

純粋な鍛錬というよりは、研究の一環のような感じになるが、気合を入れて精進したい。この成果次第で、オレとカロンの行く末が変わってくる予感がするんだ。

日課の散歩を終えたオレは、魔法訓練のために中庭へ移動した。周りに何もないので、もしもの時は被害が少なくて済む。

カロンに同行を乞われたけど、今回は断った。鍛錬の始動を決心してから、無属性の研究に力を注ぎ、ようやく理論上は上手くいきそうな見込みを導き出せた。でも、実行して成功するとは限らない。そんな危険な実験に、妹を付き合わせるわけにはいかなかった。

正直、上目遣い＆涙目をされた時は翻意しかけたけど、何とか耐え切れた。あれは一種の兵器だと思う。

さて、周囲に障害物はないし、始めても大丈夫かな。一人、最近お目付け役になったメイドが控えているが、彼女に関しては問題ない。最悪の場合に切れる手札は有している。

いよいよ、初めて魔法を使う。【現出（クリエイト）】できないため、正確には魔法の定義から外れるが、そこら辺は気分の問題だ。前世の価値観からすれば、魔力行使も十分にマジックである。カロンを救う手段とはいえ、かなりワクワクしていた。

オレが今から実行しようとしているのは、【身体強化】の術式だった。

【身体強化】とは名前の通り、肉体能力を向上させる効果の術だ。魔力を指定部位に流して強化するという術理で、すべての属性で扱える数少ない技である。

実のところ、【身体強化】は一般的に使われるものではない。『いざという時の保険にはなるかも？』程度の代物で、常時発動できるほど使い勝手は良くないんだ。習得しているヒトを数えた方が早いくらいである。

というのも、強化倍率が一・一から一・三程度のくせに、出力を見誤ると自傷してしまうデメリットがあった。一般に知られている原因としては、魔力の負荷に肉体が追いつかないからしい。

しかし、オレはこの定説に否を突きつけたい。【身体強化】のオーバーフローによる自傷は、別の要因で発生していると推測した。

その要因とは、【身体強化】の強化指定が大雑把すぎるということ。『腕力を強化したい』とか『視力を強化したい』など、あやふやな想像で【設計(デザイン)】してしまうから、ちょっと出力を増やすだけでダメージを負ってしまうんだ。

この仮説を提唱する根拠はある。無論、原作知識である。

原作ゲームの主人公も【身体強化】を扱っていたんだが、何故か他のキャラよりも効果量が高かった。これに関して主人公も考察しており、『知識量の差ではないか』と言及している。

勇聖記(ブレイブセイント)の主人公には、転生者という設定が存在する。前世の知識があれば肉体構造をより詳しく把握できているだろうし、実際にそれを光魔法の【治癒(ヒール)】に活かしている描写もあった。

そういう観点より、【身体強化】も前世の知識に効果が左右されていると、主人公は考えたようだった。

その意見にオレも同意している。魔法――無属性も含む――は術者の想像力に依存した力である。

想像が甘ければ、どれだけ他の能力が高かろうと魔法は失敗するんだ。それこそ、魔法訓練は見取り稽古が主流になっているくらい、イメージの大切さが説かれている。

知識はイメージの補完になる。たとえば、火をおこす魔法一つ取っても、発火する原理を知っているか否かで、イメージの正確さは変わるだろう。

そも、この世界の住民は、身体に関する情報を前世ほど持っていないんだよ。だいたいの分野は現代に近い知識レベルなんだけど、医療系統に限っては教会が独占しているせいで、あまり一般的ではない。

それらの理由により、【身体強化】で自傷してしまう原因は、イメージ不足による可能性が高いと推察できるわけだ。

【身体強化】を十全に扱えた場合の恩恵は計り知れない。試算ではあるが、限界まで強化を行った時、元の能力の十倍以上の強化が見込めるんだ。近接戦闘では間違いなく無双できるし、オレの予想が正しければ、魔法戦でも相当優位に立てるはず。

だから、この【身体強化】の実験は、是が非でも成功させたかった。この成否如何(いかん)で、今後の方針が大きく変更される。

「ふぅ」

一つ深呼吸をする。

魔法に大切なのは想像力。冷静にイメージできるか否か——つまりは、精神状態が魔法の効果に直結する。深呼吸は魔法を安定させる手段だと、広く認知されていた。

体内の魔力は十分ある。むしろ、生後すぐから始めていた瞑想などのトレーニングによって、今や同年代の十倍——一般的な魔法師レベルの魔力量を有している。足りないわけがない。

であれば、失敗する要素なんてケアレスミスのみ。落ち着いて、魔力を流し込めば良い。

すでに【吸収（アブソーブ）】と【変換（カラーリング）】は終了済み。【放出（リリース）】以降をする必要はないため、あとは【設計（デザイン）】するだけだった。

頭に思い浮かべるのは、前世で目にしたことのある人体のイラスト。全身の骨格、筋繊維の一本一本、内臓の一つ一つ。できる限り、細かく肉体をイメージしていく。

たっぷり三十分かけて【設計（デザイン）】し、ついにオレは【身体強化】を発動した。

はたして、その結果は——

「……成功だ」

額に汗を流しながら、オレは感嘆の息を吐く。

オレの全身は今、とてつもない力に満ち溢れていた。万能感というんだろうか、何でもできるという気概が湧いてくる。

「イメージ通りに発動できてる……よな？」

今回強化したのは、純粋に身体能力だけだ。初の試みで五感までも強化する度胸はない。失敗した時のリスクが大きすぎる。

たぶん、大丈夫だと思う。もし、意図と違って五感も強化されていたら、今の自分の呟きのせいで平衡感覚を狂わせている。

一応は制御できている結果に安堵しつつ、オレは次の段階に移ることにした。強化された体を動かすんだ。

「まずは屈んでみよう」

声に出して動作確認を行いつつ、膝を曲げる。

せっかく【身体強化】をしているのに、チンタラしすぎではないか。そう考えるかもしれないが、自分の命が関わるんだから慎重にもなる。

今の強化度合いは二倍。一般的な強度からすれば、これでも相当無理をした発動だった。正直、現在進行形で魔力の制御に苦心している。少しでも制御を怠れば、暴発して死にかねない。

だから、まずは屈むだけで良いんだ。ちょっとずつ体を動かせるようにすれば良い。

ゆっくり、ゆっくり膝を曲げ、右手を地面に押し当てる。

そっと手を置いただけのつもりだったが、地面が僅かに沈んだ。子どもの身体能力でも、二倍にすれば、かなりの筋力を生むらしい。

「【身体強化】の制御もそうだけど、発動中の力加減も覚えないとダメか」

溜息混じりに呟く。

今のところ実験は成功しているし、オレの成長計画は順調な滑り出しと評して良い。だが、前途多難ではあった。感覚的に、自在に制御できるようになるまで、かなり時間がかかりそうである。

それでも、放り出すわけにはいかない。オレの手には、妹の命が懸かっているんだから。

弱音を溢したくなるのをグッと堪え、オレはさらなる訓練に臨むのだった。

○●○●○

魔法の訓練を開始して一ヶ月。【身体強化】に注力した甲斐あってか、だいぶ安定して扱えるようになった。魔力切れにならない限りは継続して発動できるし、庭中を駆け回っても自傷しない。

さすがに、強化度合いは二倍が限界ではあるけど、今後の伸びしろは十分感じられる。慢心せず精進しよう。

散歩に加えて日課となった、中庭での魔法訓練。【身体強化】の制御も安定してきたので、そろそろ新たな術を練習しようと思う。

近接戦闘は【身体強化】で問題ないため、次は遠距離攻撃や防御の習得である。

とはいえ、これらを習得するには、まずは研究を行わなくてはいけないだろう。無属性は【現出（クリエイト）】できず、魔力を実体ある魔法へ変えられない。何か工夫をしなければ、攻撃にも防御にも使えないんだ。

一応、今日までに対策は考案してきている。一つ一つ確かめていこう。

「とりあえず、基本から」

オレは右手を胸元に掲げ、魔力を行使する。こぶし大の球体を【設計（デザイン）】し、手のひらの上に浮くようにする。

無事に【放出（リリース）】までの工程は終了し、白い魔力球が現れた。ふわふわと風船のように浮かんでいる。

一見、実体があるように感じる魔力球だが、ただのエネルギーにすぎない。指を突き刺せば、何の抵抗もなく貫通してしまう。

他の属性なら、これに属性を付与して実体を持たせられる。火なら【火球】、水なら【水球】といった風に。

基本は問題なくこなせたため、魔力球を一旦消し、本格的な実験に移ることにした。

オレがやろうとしている実験とは、魔力の実体化である。純エネルギーの魔力も、密度を高くしていけば、実体を持てるのではないかと考えたんだ。

手で触れられない光や熱だって、実際は現実に干渉している。ならば、魔力も似た性質ではないかと――他に比べると干渉力が極端に低いだけで、収束させたら何とかできるのではないかと、仮説を立てたわけである。

まぁ、この推論は、多分に願望が含まれたナンチャッテ科学だ。【身体強化】の時のように上手くいく確率は高くない。成功したら御の字程度の実験だった。

「まずは二倍くらいでいいか」

先程と同じ球体を作り出す。先とは異なり、注入する魔力量を二倍にして。

何ごともなく球体は完成し、近くの地面へそれを投げた。落下した球体は制御を失い、地面に触れる頃合いには霧散してしまう。

「失敗だな」

二倍程度では、実体化には至らなかったらしい。

当然と言っちゃ当然。これくらいで成功していたら、他の誰かが成果を上げていたはずだ。となると、必然的に……

「ハァァァァァ」

オレは盛大に溜息を吐いた。

実験を始めてから気づくとか、バカかオレは。バカだよなぁ。ハァァァ。

世間は、無属性の実用性を認めていない。それすなわち、魔力の実体化には、その辺の人間では用意できない魔力量が必要という結論になる。現時点のオレでは、とうてい用意できるはずもない。

必要な材料が足りないとか、実験として致命的すぎる。

オレは実験を中止することに決めた。魔力の実体化実験は、もっと魔力量を増やしてから再開しよう。

幸い、三歳時点で一般的な魔法師と同等の魔力量を獲得している。今後も継続して魔力量増加の訓練を積めば、一年後には国内ナンバー1――それでもレベルMaxの主人公やラスボス、隠しボスには遠く及ばないが――になれるだろう。実験自体が行えないなんて計画倒れは防げると思う。

気を取り直して、二つ目の実験へ移行する。今度のものは、魔力実体化より自信があった。伝家の宝刀、原作知識を活かした実験だからだ。

行うのは、精神魔法の実験である。

本来、この世界に精神魔法という分類は存在しない。しかし、原作内で、それを示唆する発言があった。

〝この世界の魔法は術者の想像力――つまり精神に依存している。なれば逆説的に、魔法で精神へ干渉することも可能ではないか〟

そういう仮説が、国家運営の研究施設で上がっていたんだ。

原作終盤で囁かれ始めた内容であり、元はテキスト内にチョロッと記載されたフレーバーみたいなものだったため、真偽のほどは確かではない。しかし、実験する価値はあると考えている。

国家の研究を横取りしたと知られたら不味いが、未来に行われるかもしれない代物だから問題ない……はず。大丈夫だろう、きっと。

　さすがに、いきなり人間へ精神魔法を使うわけにはいかないため、まずは動物実験から入った。【身体強化】のお陰で、野山の動物を捕獲するのは容易(たやす)い。ついでに、こっそり領城を抜け出すための隠密(おんみつ)系技術が身についたのは僥倖(ぎょうこう)だった。

　確保したのは三羽の野兎(のうさぎ)だ。凶暴性はなく、今も中庭の芝をモシャモシャと呑気(のんき)に食(は)んでいる。

　精神魔法を使うとは言ったが、どんな効果のものにしようか？　あまり複雑なのは難しいし、原始的な感情を誘発させるのが良さそうか。となると、怒りの発露が良いかもしれない。

　方針を固め、オレは精神魔法の【設計(デザイン)】に取りかかる。

　今まで誰も成功していないことを考慮するに、精神魔法にも科学的知識が必要と思って良いだろう。それなれば、感情を司(つかさど)る脳の部位を刺激するのがベターだな。

「えーっと、確か扁桃体(へんとうたい)だったか？」

　……いや、動物は脳の構造が違うんだったっけ？

　おぼろげな知識を振り絞り、脳の中心部を刺激するのをイメージする。あと、激怒の感情を想起して、【設計(デザイン)】に組み込んだ。

　そして、ついに精神魔法——正確には精神魔力——を発動する。

「【激怒】」

　そのまんまの発動句とともに、オレから放出された魔力が兎一羽の頭に取りついた。

最初は、魔力に感づいてキョロキョロと落ち着かない態度の兎だったが、次第に様子が変わっていった。耳をせわしなく動かし、ブッブッという音を鳴らす。さらには、後ろ足で力強く地団太をふみ始めた。

明確に、兎は怒っていた。これ以上ないほどの激怒である。

魔法をかけていない他の二羽は今まで通りのため、他の要因で怒っているわけではない。精神魔法は成功したんだ。

「【平静(カーム)】」

気を落ち着かせるのをイメージし、激怒している兎に魔法をかけ直す。すると、先程までの挙動が嘘(うそ)のように、静かになった。疑いようもなく、魔法は機能していた。

感無量である。これは世紀の大発見ではないだろうか。

ただ、魔法成功の嬉しさとともに、恐怖も心に湧いていた。

何せ、動物とはいえ、他者の心を操ったんだ。今は感情のコントロールのみだが、将来的に何でも操作できそうな、そういった伸びしろを感じられた。まさに、人心をもてあそぶ魔法だろう。

これは己が内に秘めた方が良い魔法かもしれない。

オレは自然とそう考えた。精神魔法が世の中に出れば、色々と混乱を生むのは間違いない。

原作で可能性が示唆されたように、そのうち世間へ知れ渡る。だが、オレが喧伝(けんでん)して良い理由にはならなかった。せめて、余計な混乱を呼ばないよう、発見者のオレが対抗策を考えておくべきか。

新たな魔法を開拓した喜びなどなく、冷静に今後の魔法開発を考える。

まぁ、精神魔法の話が出るのはゲーム終盤。今から十年以上先のことだ。そこから研究を進めるとなれば、実用化されるのは相当未来の話。対抗術式の用意は、気長にやれば良いだろう。

――と、思わぬ恐怖に駆られてしまったが、精神魔法を封印するつもりはない。使い方を誤ったら危険だけど、正しく運用したら強力な武器になるからだ。

もちろん、やたらめったら使うつもりはないぞ。戦闘中のみ使用するとか、真に追い詰められた時に解禁するとか、自主的に制約を課すことは確定している。

ともすれば、精神魔法の造詣を深めなくてはいけないな。オレ固有になるだろうこの魔法は切り札の一つになる。万が一にも暴発させるわけにはいかない。

「じゃあ、次の実験だ」

精神魔法の可能性を感じたオレは、意気揚々と動物実験を続けるのだった。


精神魔法の実験を繰り返していると、不意に声をかけられた。

「おにいさま」

振り返ると、そこにはカロンが立っていた。何故か涙目で。

どうしたんだとオレが慌てだす前に、彼女は口を開く。

「おにいさまは、私（わたくし）より魔法のほうが大事なのですか？」

ほろほろと涙を流し、声を震わせるカロン。その姿から、本気で悲しんでいるのだと分かる。

ここに来て、ようやく何が失態だったのか悟った。

何せ、周囲は茜色（あかねいろ）を通り越して紫に染まっていた。お昼直後から実験を始めたので、七時間は経過している計算になる。オレは魔法研究に夢中になるあまり、カロンを放置してしまったわけだ。

現状の城内に、カロンへ愛情を注ぐ者はオレしかいない。兄妹二人で、ずっと支え合って生活してきたんだ。それなのに突然七時間も放って置かれたら、彼女がショックを受けて当然だ。

カロンを守るための実験だったのに、肝心の本人を傷つけてしまうなんて本末転倒だった。

オレは急いでカロンへと駆け寄り、ギュッと抱き締めた。

こちらの接近に最初こそビクッと怯（おび）える彼女だったけど、ハグを始めてから数秒で肩の力を抜いてくれた。

「ごめん、カロン。言いわけがましいかもしれないけど、オレが一番大切だと思ってるのはカロンだよ。そこは絶対に変わらない」

優しく頭を撫でながら、そっと耳元で囁くオレ。

キザっぽい仕草や言動はとても恥ずかしいけど、そんなものよりもカロンのケアが優先だ。オレの羞恥心程度で彼女が持ち直してくれるのなら、いくらでも捨てて見せよう。

「ほ、ほんとうですか？」

「もちろんだよ」

涙声のまま、カロンが不安そうに問い返してきたので、オレは力強く肯定した。

彼女は僅かに逡巡し、「じゃあ」と、か細い声を漏らす。

「抱き締めるのと頭を撫でるのを、いっしょにお願いできますか？」

そう言って、こちらを見つめるカロン。遠慮気味な眼差しと相まって、庇護欲をキュンキュン刺激する仕草だった。オレにとってはクリティカルヒットである。

「それくらいなら、何度だってやってあげるさ！」

オレは抱き締める力を若干増やし、彼女の要望通り頭も撫でる。壊れモノを扱うように、優しく丁寧に柔らかく撫でまくった。

次第に、カロンの表情から陰が消えていった。ほんのりと笑みを浮かべている。機嫌を直してくれたらしい。

ホッと安堵し、オレは一つの提案を告げた。

「どうせなら、カロンも魔法を覚えてみないか？」

オレが魔法の訓練や実験をしている間、カロンが一人になってしまうのが問題なんだ。であれば、一緒にすごせる理由を用意してしまえば良い。

元々、カロンにも魔法を教えるつもりだった。オレばかりが強くなるのではなく、彼女自身にも自衛できる力をつけてほしかったから。本来の予定よりも早いけど、こうなっては仕方ない。誤差だと思っておこう。

カロンは可愛らしい眉を寄せ、若干困惑した風に問うてくる。

「よろしいのですか、おにいさま。おジャマにはなりませんか？」

自分よりもコチラの事情を慮る辺り、やはり彼女は優しい子に育っている。どこに出しても恥ずかしくない、天使の如き妹だ。

カロンへ心配かけないよう、オレは柔らかい笑みを湛えたまま答える。

「邪魔なわけないよ。カロンと一緒に魔法が使えると思うとワクワクするくらいだ」

「私もワクワクします！」

オレの口にした情景を思い浮かべたんだろう。彼女は瞳をキラキラと輝かせ、元気良く両の拳を上下に振った。

おっと、いけない。はしゃぐ妹の姿が愛らしすぎて、思わずヨダレが垂れてしまうところだった。せっかくカッコイイ兄のイメージを通しているんだ。些細な仕草で幻滅されたくはない。

オレは気を引き締め直しつつ、彼女へ言う。

「じゃあ早速、魔法のお勉強をしようか」

「はい、おにいさまセンセー！」

「ぐふっ」

「おにいさま!?」

それは卑怯すぎる。ちょっと舌足らずの口調で『おにいさまセンセー』と呼ばれ、萌えない男はいるだろうか？　いや、いない！

つい悶えてしまったせいで、カロンに余計な心配をかけてしまったけど、何とか誤魔化した。

『カロンの可愛さに萌えた』なんて正直には言えないし。

ちなみに、『おにいさまセンセー』呼称は、魔法の授業限定で続けさせましたとも。

日取りを改め、オレとカロンは中庭に集合していた。魔法の授業をすると約束してから、二週間は経過している。

一応補足しておくと、この二週間に何もしなかったわけではない。毎日、座学の時間に当てていたんだ。

魔法とは想像力によって発現する術理ではあるが、そのイメージは知識で補完することも可能だ。ゆえに、基礎知識の差は結構大きいと、オレは考えている。

まぁ、この世界の常識は違うみたいだけどね。世間一般では、魔法訓練は見取り稽古が基本らしい。実物を見せ、しっかりイメージできるように促すというもの。必然、座学よりも実技が重視されていた。

要するに、正反対の授業を行っていたんだが、カロンより文句は一切出ていない。一般的な魔法訓練を知らないのもあるけど、主な理由は別。彼女からしてみれば、オレと一緒に過ごせれば何でも良いんだ。ついでに魔法も覚えられてラッキー程度の気持ちである。

とはいえ、授業へのヤル気が低いわけでもない。オレの講義は真剣に聞いているし、分からない点があれば積極的に質問してくる。至極真面目に、魔法を覚えようと頑張っていた。

そして今日、ついに実技の授業を行うんだ。座学で覚えた知識を活かす時だった。

オレの隣に並ぶカロンは、そわそわ浮ついていた。いつもの快活な調子も、若干鳴りを潜めている。

どうやら、初めての魔法の発動に緊張しているらしい。ネガティブというよりは、期待が高くてドキドキしている感じが近いか。

頬笑ましいカロンの様子は、眺めているだけで心が温かくなる。

オレは、彼女の頭をクシャクシャと撫でた。あえて、少し乱暴気味に。

すると、カロンはビクッと肩を弾ませる。

「お、おにいさま!?」

「大丈夫。オレがついてるから」

何の根拠もない『大丈夫』だが、きっとこれで十分だろう。我が愛しの妹は可愛くて優しいだけではなく、芯のしっかりした強い子でもあるんだからな。

「ありがとうございます、おにいさま！」

事実、彼女は瞳に力を宿した。声にも張りが戻っている。

カロンの調子が戻ったのを認めたオレは、いよいよ実技開始の合図を口にした。

「じゃあ、実技の授業を始める。まずは基本中の基本、球の魔法だ。言うまでもないけど、属性は火だぞ」

「分かりました、おにいさまセンセー！」

明るく返事をしたカロンは、何かを抱えるように両手を掲げた。それから目を閉じ、集中を始める。

沈黙はそう長くなかった。僅か数秒を置いて彼女は呟く。

「【火球】」

短い詠唱とともに、両手の間に火の球体が出現した。ピンポン球程度の大きさではあるけど、確かに【火球】の魔法は成功していた。

「おにいさま、できました！」

手を掲げたまま、カロンは嬉しそうにピョンピョン跳ねる。

初心者なら、こんなに暴れると魔法を解除してしまうところだが、彼女は【火球】を保持し続けていた。

その後も、カロンはいくつかの下級魔法を発動した。火の矢を放つ【ファイヤアロー】、火の円を自身の周囲に展開する【ファイヤサークル】、火の柱を出現させる【ファイヤピラー】などなど。規模こそ小さかったけど、どれも一発で成功させていた。

これは、座学を叩き込んだ成果というよりも、カロンが天才ゆえの結果だろう。

原作ゲームでも、彼女の火魔法の腕はかなりのものだった。高威力広範囲の魔法を撃ちまくって主人公たちを追い詰める、まさにラスボスに相応しい技量だった。その片鱗が、この幼い時分でも現れているんだと思われる。

運命を覆したい身としては些か複雑な気分だが、守る対象が強いに越したことはない。身につけた力をどう振るうか。そこが大事なんだ。

結局、魔力を枯渇させて気絶するまで、カロンは一度も火魔法を失敗しなかった。耳にした話によると、初心者は不発もあり得るらしいから、彼女の才能は目を瞠るものがあるよ。さすがは我が妹だな！

光魔法はどうだったのかって？

実は、カロンは現時点で光魔法を扱えない。何故なら、かの魔法は他とは異なる発動条件を有しているためだった。

光魔法師は、無属性と同様に母数が少ない。適性持ちが希少というのもあるが、適性があっても発動できない者が多いせいだった。それこそ、聖女の魔法と呼ばれるくらいの希少価値を持つ。

肝心の発動条件は、『他者を思いやる心を有すること』と噂（うわさ）されている。何とも曖昧な表現だが、古い伝承以外で確認が取れていないんだ。思いやりの心なんて、実証のしようがない。

原作の登場人物には、主人公を含む二人しか光魔法師はいなかった。無論、悪役令嬢であったカロンは含まれない。

原作では適性を持ちながらも発動できなかったカロンだが、この現実では扱えるようになるのではないかと、オレは予想している。

何故なら、原作と現実では、彼女の性格が異なるためだ。今の彼女は動植物を愛し、使用人たちを労（いたわ）る心優しい子。十二分に光魔法の発動条件を満たしていると思われる。名前負けだった『陽光の聖女』の異名が光る時が楽しみだった。

ただ、喜んでばかりもいられない。前述したように、光魔法師は非常に希少なんだ。光魔法を扱えると知られれば、様々な勢力からその身を狙われる可能性が高い。原作の主人公も、バッドエンドでは誘拐されて奴隷に落ちていた。

愛しいカロンを、そんな目に遭わせるわけにはいかない。断固として阻止しなくてはいけない。近い将来に向けて、防衛網を構築する必要があった。

まぁ、その辺りの心当たりはあるので、近々準備を始めよう。カロンが光魔法師として覚醒するまでに、最低限の戦力を揃（そろ）えておこう。

カロンが魔法訓練に加わって二年。そろそろ五歳となるオレは、順調に成長を遂げていた。特訓を毎日継続した甲斐もあって、成果はしっかりと出ている。

魔力量は以前の五倍に膨れ上がり、【身体強化】は三倍強化まで到達していた。スペックだけを見れば、一般兵相手には圧勝できると思う。実戦経験は皆無なので、本当に戦ったら勝敗は分からないが。

精神魔法の研究の進捗も良い。感情以外の操作を確立し、今は自分を対象としたコントロールに手を出している。【高揚】や【平静(カーム)】、【鎮痛】などなど。ゲームにおいて強化魔法(バフ)に分類される術を増やしていた。

研究すればするほど、精神魔法の規格外さが際立つ。

まず、魔力効率が圧倒的に良い。魔法と精神の相性が群を抜いて良いらしく、通常の属性魔法の十分の一で運用できるんだ。今のオレの魔力量であれば、何百発でも発動可能だろう。

次に、以前に予感していた通り、精神という括りなら、この魔法に際限はない。感情も思考も認識も、すべてを操れることが理解できた。ゆえに、他言するのは厳禁だし、扱いも慎重を期するべきだと実感した。

とはいえ、一切合切無制限でもない。

最近、他言厳禁を厳命したうえで、カロンにも自己強化系の精神魔法を伝授したんだが、いくつかの魔法が発動できなかった。具体的には、【高揚】は使えたけど、【平静】は使えなかった。その他にも、使用可能なものと不可能なものが存在した。

この結果から、精神魔法にも個々人の適性があるのだと推察できる。カロンは火と光だから、気分を盛り上げるタイプの魔法には適性があり、逆に気分を落ち着かせる類は適性がないと思われる。

これは予想外だった。何せ、オレはそういった経験がなかったんだ。考えついた精神魔法は、全部問題なく発動できていた。

もしかしたら、無属性は精神魔法を満遍なく扱えるのかもしれない。精神魔法全般に適性がある、と言い換えられるか。

精神魔法の発見が遅れている原因は、この要素にあるんだろう。母数が少ない以前に、虐げられている無属性だ。国営の研究施設に勤めているはずがない。オレがリークしない限り、精神魔法の発展が相当遅れるのは間違いなかった。対抗策の目途が立っていない身としては、嬉しい誤算である。

こんな風に、オレの強化計画は滞りなく進んでいた。

ところが、すべてが順風満帆とはいかなかった。カロンが四歳を迎えた数日後に、とうとう来るべき日が到来したんだ。

中庭でいつも通り訓練をしていると、傍らで光魔法の練習をしていたカロンが、嬉々(きき)とした声を上げた。

「お兄さま、お兄さま。ごらんになってください！」

最近ではスッカリ滑舌が良くなってきたカロン。舌足らずな彼女のセリフを聞けなくなったのは残念に思うけど、兄としては成長を喜ぶべきなんだろう。

最愛の妹に呼ばれて応じない兄はいない。オレはカロンの方へ体を向ける。

そこには、掲げた両手の間に光の球を浮かばせる、彼女の姿があった。

どこからどう見ても、あの球は光魔法の基本、【光球】である。ついに、カロンは光魔法の発現に成功したのだった。

オレは、この一年で開発した無属性の探知術——魔力を大量に拡散させ、反響で周囲のものを探る——を発動。この光景を目撃している者を調べる。

幸い、この周囲にいるのは、オレたち兄妹以外に一人しかいなかった。オレ付きのメイドである。彼女であれば何とかなるだろう。もっとも都合の良い展開だった。

オレは安堵しつつ、やんわりとカロンの両手を握る。オレの手で【光球】は覆い隠され、彼女が

集中力を切らした影響で、魔法はフッとかき消えた。

「おめでとう、カロン。四歳で光魔法の発動に成功するなんてスゴイよ。さすがはオレの妹だ」

まずは褒める。カロンはオレに称賛してほしくて声をかけたんだろうから、しっかり役目を果たす。まぁ、そんなの関係なく、彼女を褒め倒したい気持ちはあるんだけどね。

「ありがとうございます、お兄さま！」

カロンは満面の笑みを浮かべた。尻尾があったらちぎれんばかりに振っていそうな雰囲気がある。

「カロン。喜んでるところ悪いけど、この魔法を使えることは、オレとカロンの二人だけの秘密だ。絶対に、他のヒトに光魔法が使えるって教えちゃいけないよ」

オレは彼女の頭を撫でながら、静かな声で説いた。

それを聞き、先程の喜びようが嘘のようにシュンとしてしまうカロン。心が痛むけど、彼女の将来のためだ。

「私(わたくし)は、何かいけないことをしたのでしょうか？」

「カロンは悪くないよ。ただ、光魔法を使えるヒトは、とっても少ないんだ。知られると、カロンは注目されてしまう」

「注目されるのは悪いことなのでしょうか？」

お兄さまも鼻が高いと思いますが、とカロンは首を傾(かし)ぐ。

四歳児が希少性ゆえの危険性を理解するのは、なかなか難しいだろう。オレは詳細を語るのではなく、端的に事実を伝えることにした。

「悪いことではないけど、悪いヒトに目をつけられる可能性があるんだ。そうなると、オレと離れ離れになっ――――」

「光魔法のことは、絶ッッッッッッッ対に他言しません！！！」

早押しクイズなら優勝間違いなしの即答だった。

カロンなら、こう言えば頷(うなず)いてくれると確信していた。

シスコンのオレも顔負けの立派なブラコンに、カロンは育っていた。それこそ、トイレ以外は四六時中同行している。お風呂だって一緒に入っている。

そんな彼女が、兄と離れ離れになる状況に耐えられるはずはない。オレも耐えられない。

この『離れ離れになる』という文言は、秘密を守らせる必殺のセリフだった。魔法の訓練をしていることや精神魔法のことも、この文句で黙らせている。絶対に口を割らないと断言できた。

「光魔法の訓練をする時は、必ずオレへ声をかけるように。オレの許可がない限り、絶対に光魔法は使わないこと。守れるかい？」

「はい、絶対に守ります！」

小気味好(よ)いカロンの返事を聞き、オレは満足げに頷いた。

カロンへの対応はこれで十分だ。あとは、お付きのメイドの口を封じれば完璧である。彼女の対処は、後ほど行うとしよう。

その後、オレたちは日が暮れるまで訓練を続けた。メイドからの熱心な視線を感じながら。

訓練後、一緒にお風呂入ると言って聞かないカロンを説き伏せ、何とか一人の時間を確保する。

オレはお付きのメイドを従え、人気(ひとけ)の少ない庭園の端っこへと足を運んだ。すっかり日の暮れた庭は、ヒトの気配を感じないことも相まって、かなり不気味さを覚える。

「さて」

探知術で周囲を探った後、オレは後ろに付き従うメイドの方へ向き直った。

メイドの名前はシオン・シュヒラ・クロミス。年齢は十九。身長百六十七センチメートル、体重五十キログラム、スリーサイズは上から80、56、83。淡い青紫の髪と翠(みどり)の目をしており、水、闇、風の三重魔法師(トリプル)である。

ちなみに、プロフィールは履歴書を参照している、他意はない。

伯爵令息のお付きともなれば、ベテランの使用人か歳の近い者を起用するのが普通だが、彼女の場合は特殊だった。王宮から推薦されているために、今の役職以外に割り振るのが難しいんだ。

クールな面持ち、ピシッとまとめたシニョンの髪型や服装から、生真面目な性格が窺(うかが)える。――が、実のところ、彼女はかなりのオッチョコチョイだったりする。食器洗いをすれば皿を割る、掃除をすれば壺を割る、洗濯をすれば生地をダメにする、何もないところで転ぶなどなど。中身と外見のギャップが激しい女性だった。

そんなシオンにカロンのことを知られており、秘密にしてくれるよう説得しなくてはならない。ドジッ娘属性を持っているだけで、性格自体は融通の利かない真面目ちゃん。そのため、納得させるのは難度が高い。しかも、彼女の素性が素性なだけに、余計に話がややこしかった。

というのも、シオンは王宮側のスパイなんだ。推測にはなるが、たぶん光属性の適性を持つカロンを監視したいがゆえに、送り込んできたんだと思う。実際、オレに付き添う振りをして、よくカロンの動向を窺っていたし。

何故、オレがそのことを知っているかって？

もちろん、無属性魔法が関係している。【身体強化】の実験の一環で、五感それぞれを強化した時があった。その際、シオンがスパイ云々の愚痴を、独り言で呟いていたのを聞いてしまったんだ。

……うん。スパイとして自覚が足りないのではないかと苦言を呈したいが、彼女は今回が初任務だったらしく、それなら仕方ないのかなと思わなくもない。いや、それでも声に出してしまうのは致命的すぎるミスだけど。

まぁ、こういうポンコツが送られるのも、フォラナーダらしいっちゃらしい。現当主、オレの父は貴族に不適格な人物で、周りからメチャクチャ侮られているからな。シオンの初任務地になったのも、ミスをしても大きな問題にならないと踏んだためだろう。

しかし、その判断が彼女を追い込むことになった。何せ、今のフォラナーダには、オレというイレギュラーがいたんだから。スパイだと明らかになってしまった以上、そこを利用しない選択肢はない。

「……」

「……」

真っ暗な庭の隅にて、無言で見つめ合うオレとシオン。

ただ、シオンはいつものクールな表情ながら、どこか困惑が感じられた。精神魔法の研究を進めた結果、体外へ漏れる魔力より感情を読み取れるようになったので、まず間違いない。

オレは彼女をさらに動揺させるよう、無言で笑顔を作った。〝無言で笑顔〟の圧力は意外とバカにならない。

案の定、シオンの感情は揺らぐ。演出された不気味さに怯(ひる)み、まとう魔力が不安定になる。

これがベテランのスパイだったら、ここまで上手く運ばなかったと思われる。シオンがシオンであってくれて感謝だ。

「シオンって、王宮のスパイだよね」

動揺が最高潮になった辺りでトドメを刺す。有無を言わせぬ断定で迫り、否定の言葉を吐かせないよう誘導した。ついでに【困惑】の精神魔法をぶつけて、平静に戻らない布石を打っておく。効果は一時的だけど、今はそれで十分だ。

「あ、え……その……」

「否定しないってことは、正解ってことだよね」

追い込む、追い込む。可哀想なくらい慌てているシオンだが、ここまで来てしまったら、もはや逃げる道は存在しない。

「スパイのこと黙っててあげるから、カロンがあの魔法を使えることも黙っててほしいんだ」

混乱の最中の彼女に、交渉を投げかける。不公平だなんて知ったことではない。こちらは妹の命が懸かっているんだ、できることは何でもやってみせる。

「そ、それは無理です。わ、私は、聖王家へ忠誠を誓っていますので」

それでも、シオンにはスパイの矜持(きょうじ)があるのか、交渉を蹴ってきた。

合理性ではなく、信念の問題というわけか。うーん、これは面倒な手合いだ。性格的に、てっきり合理主義かと思っていたが、とんだ勘違いだったらしい。こうなると、手を組むメリットを提示しても、『主人は裏切れない』の一言で一蹴されてしまう。

仕方ないか。

「オレの要求を呑(の)めないのであれば、キミに関する重要な秘密を公にする」

対シオンの最強の切り札を、ここで使うと決めた。スパイであることを差し引いても彼女のことは気に入っていたため、可能なら取りたくない手段だった。

だが、背に腹はかえられない。オレの最優先は、カロンの身の安全なんだ。

こちらの脅しを受け、シオンは目を泳がせる。

「ひ、秘密とは、な、何のことでしょう?」

あからさまな態度にもかかわらず、彼女はシラを切った。

……いや、よくその言葉を吐けたな。呆れを通り越して感心してしまうよ。ここまでバレバレの所作を見せてしまったら、普通は惚けたセリフなんて口にできない。

オレは溜息を吐き、一言呟いた。

「エルフ」

「ッ!?」

うん。シオンは絶対、スパイに向いていない。今すぐ転職をお勧めするレベルだ。この口封じが成功したら、検討するように口添えしよう。

ビクッと肩を揺らす彼女を見て、オレは脱力してしまう。しかし、ここで止まるわけにはいかないので、グッと溜息を堪えて話を続けた。

「シオン。キミの正体はエルフなんだろう?……ああ、尋ねるような言い方をしたが、もう断定している。否定しても無駄だ。キミが先程の要求を呑まなければ、この事実を公表する」

この世界には、他のファンタジー作品のご多分に漏れず、人間以外の種族――獣人、エルフ――も繁栄している。

オレの所属する聖王国では、そのうち人間と獣人が共存しているんだが、エルフだけは異なった。

というのも、聖王国とエルフ主体の国である森国は、犬猿の仲と言って良いほど仲が悪かった。土地が隣接していないので戦争は起きていないが、政治的な小競り合いは日常茶飯事。それこそ、聖王国内でエルフが見つかったら、その場にいる皆で袋叩きにするレベルである。

ゆえに、オレがシオンをエルフだとリークすれば、彼女は死ぬ。比喩でも何でもなく、国民全員が敵に回る。

まぁ、彼女個人の犠牲で済めば良い方か。おそらく、問題はさらに広がる。何せ、彼女は王宮より推薦を受けた使用人だ。必然、王宮とエルフが密接であると疑われ、最悪の場合は国家が転覆するかもしれない。シオンという個人が、聖王国という国家を揺るがすんだ。

当然、オレの告発がどういう結果を生むのか、シオンも理解しているはず。実際、今の彼女の顔色は雪のように真っ白だった。血流を忘れてしまったのかと心配になる度合いである。

「……どうして、分かったのですか？」

絞り出すような声で尋ねてくる。

当然の疑問だ。シオンは常に偽装魔法を展開しており、エルフの特徴である尖った耳を隠している。普通ならバレようがないし、今までは騙し通せたんだろう。

でも、今回は相手が悪かった。

「シオンの展開してる偽装魔法って、魔力を偽装部分にまとわせるタイプでしょ？　そういう系統の偽装って、魔力を直接見られるヒトには通じないんだよ」

【身体強化】の実験過程で、魔力を目視する能力を開発していた。通称【魔力視】を持つオレにとって、シオンの使っている偽装は存在しないも同然の代物だったわけだ。

「秘密をあばいたら、国が荒れます」

「だから？」

シオンの言葉に、あえて疑問で返す。

彼女の発言の意図は理解している。貴族の息子として、仕える国に混乱を呼ぶのは本意ではないのではないか？　と言いたいのだろう。

——そんなことは、まったくない。

前述したように、オレの最優先事項はカロンの安全。その他は些事に等しい。そりゃ、犠牲が少ないに越したことはないけど、必要ならば切り捨てる覚悟はある。

だから、シオンの問いに対して、惚けた答えを返したんだ。

「……あなたは、何者なんですか？」

これ以上の問答は無駄だと実感したのか、シオンは今までの流れを切り捨てた。その代わり、恐怖を滲ませた声で、こちらの正体を探る質問を投じてきた。

然もありなん。ただの四歳児が、スパイから情報を暴いて追い詰められるわけがない。色々と怪しむのが当然だ。むしろ、ここまで我慢できたのが不思議なくらいだった。

さて、何と答えたものか。中身が大人なんですよ、と素直に答えたところで信じてもらえない。

そも、その情報を彼女に伝える意義が感じられない。

――思考は数秒で終わった。

「ご想像にお任せするよ」

その言葉とともに、オレはニッコリと笑顔を作る。

返答を濁したのは、恐怖心を煽るためだ。ヒトは情報の足りない部分を想像で補完する。散々脅してきたので、きっと恐怖を覚える方向に勘違いしてくれるはずだ。

その目論見は正しく作用した。シオンはさらに震え上がり、顔が白く見えるほど青ざめている。

それから、ダメ押しとばかりに問う。

「どうかな。提案は呑んでくれるかい？」

恐怖のドン底に落とされたシオン。彼女には、最初から逃げ道は存在しない。

「……はい、ご用命のままに」

こうして、カロンの光魔法に関する情報流出は、未然に防げたのだった。

## Section2 盗賊

「お兄さまとお出かけっ。二人っきりでお出かけ！」

手を繋ぐカロンが、今にもスキップを踏み出しそうなテンションで隣を歩いている。

頬笑ましい妹の姿にオレはニッコリ。道中すれ違った人々も、あまりの可愛らしさにニッコリ。オレが幸せだと、カロンはますますニッコリ。笑顔のインフレスパイラルが巻き起こっていた。

ふふふっ、さすがは我が愛しの妹。その愛らしさは万人の目を釘付けにするらしい。カロンの可愛さは世界一だと胸を張って言えるよ。

カロンの発言の通り、オレたちは二人だけで出かけていた。それも城下町に。

当然、お忍びであり、シオン以外は誰も知らない。知られたとしたら、間違いなく大騒ぎに発展するだろう。

とはいえ、バレる可能性は万に一つもない。今のオレたちは偽装魔法で町の子どもに扮しているし、領城にはオレらを模した分身もいる。加えて、分身の傍らにはフォロー役のシオンが控えているんだから、何の心配もいらない。

……いや、シオンが何かドジを仕出かしそうで怖いから、余計な心労を抱えている気がする。致命的なミスは犯さないことを願おう。

分身はオレとシオンの合作である。肉体は魔力塊に偽装魔法で色を付けたもの、精神は精神魔法でオレたちの心を模倣したものを用意した。

ただ、肉体の方は実体を持っていない。【偽装】の皮で視認できるよう誤魔化しているだけなので、触られるとバレてしまう。その点は注意したい。

そういった欠点はあるものの、この魔法はかなり有用だ。曲がりなりにも、本物と同じ思考を持つ分身なんだからね。いくらでも悪用ができてしまう。絶対に、外部へは漏らさないと誓い合った。

シオンが裏切る心配はまったくしていない。その辺りは、精神魔法の【誓約】で解決している。

【誓約】とは、文字通り約束を守らせる術だ。対象の精神に魔力の楔(くさび)を打ち込み、条件に沿ってダメージを負わせる。今回の場合は、『フォラナーダ兄妹の情報を、ゼクスの許可なく漏洩(ろうえい)しないこと』となっている。オレの方には『シオンが【誓約】を破らない限り、彼女の秘密を口外しない』と【誓約】している。

シオンだけでも良かったんだが、そこは誠意を見せた形だ。脅しておいて誠意も何もない気はするけど、オレの自己満足ということで。

そんな分身の魔法もあって、オレは自由を得られた。今までは周りの目があったせいで、城の中のみで活動するしかなかった。出られたとしても、近場の森林が限界だった。その制約が取り払われたのは大きい。

オレはもっと強くならなくてはいけない。外に出られるということは、多大な好影響を与えてくれるはずだ。

　そういうわけで、今回のカロンとのお出かけは、お忍びで外出するための足がかり。言わば、訓練みたいなものだった。

　何せ、前世の記憶を持っているとはいえ、城の外に出た経験は少ない。他人のいるところなら尚更。ある程度、慣れていく必要があった。

　では、どうしてカロンも一緒かというと、秒で分身がバレたから。

　自信満々に『バレることはない』と断言したので恥ずかしいが、彼女には通用しなかったんだ。曰く、気配が全然違うらしい。オレには理解できないが、ブラコンのカロンが言うのなら間違いないんだろう。

　もしかしたら、熟練の戦士や隠密にも通用しない可能性もあるし、もっと完成度を高める必要があるかもしれない。今後もシオンと改良を続けよう。

　閑話休題。

　そういう経緯もあり、カロンも今回の外出に同行している。不測の事態を考慮すると心配だが、最愛の妹とのデートに不満は一切ない。せっかくの機会を楽しむ方が賢明か。

　まぁ、オレたちは四歳の子ども。外出といっても、せいぜい城下町を練り歩くくらいにはなると思う。それでも、初めての外は楽しめるはずだ。特に、カロンはすべてが新鮮だろうし。

　予想した通り、城下町に来てから、カロンは大はしゃぎだった。『あれは何ですか?』とか『これ、すごいです！』とか『あちらも興味深いです！』などなど。目につくもの全部に興奮した様子を見せていた。無論、その愛くるしい姿は、オレの脳内メモリに永久保存してある。

大通りの商店街をしばらく歩いていると、開けた場所に出た。町の中心から少しだけ離れたところにある広場のようだった。

広場は子どもたちの遊び場になっているみたいで、オレたちと同年代——四、五歳くらい——の子らがいた。数は十人程度だが、聖王国の人口を考えると多い方だと思う。

それに、領城にこもりっぱなしだったオレたちにとって、同年代と交流する機会は貴重だった。とりわけ、妹は初めての出会いではなかろうか。

事実、子どもたちを目にしたカロンは、まるで珍獣でも発見したかのように驚き、期待に満ちた瞳をしていた。

彼女は、オレの服の裾をチョイチョイ引っ張って、喜色を含んだ声を上げる。

「お兄さま！」

「うん。一緒に遊んでもらえるよう、お願いしてみようか」

カロンの言わんとしていることを察し、オレは首肯する。

領主の娘が領民に〝お願い〟をするなんて、城の者たちが耳にしたら止めに入るに違いない。

だが、オレはそれを良しとする。

オレたちが身分を隠して訪れているのも理由の一つだけど、一番の狙いは別にあった。

たとえ身分差があっても、頭ごなしに命令を下せば良いものではない。誠意を持ち、相手の気持ちを慮ったうえで、その場に応じた頼み方をするべきだ。そういう道徳的な価値観を、カロンには学んでほしかった。

無論、貴族という立場を忘れてはいけないが、その辺りの心構えは、家が用意する家庭教師に一任すれば良い。さすがのオレでも、貴族的部分までは教えられない。

「あ、あの、少々お時間をいただけないでしょうか？」

追いかけっこをしていた子どもたちに、勇気を振り絞って声をかけるカロン。緊張で頬を染める彼女は、大変愛らしいと思います！

何ごとかと、子どもたちは一斉にこちらを向く。

十人近い視線が一度に集まったせいか、カロンはビクッと肩を震わせ、隣にいたオレの手を握ってきた。

いつもより気弱な彼女はとても可愛いんだが、いつまでも見守っているのは大人げないか。

オレは『大丈夫だよ』と彼女に囁き、繋がった手を握り返した。

すると、この行動で安心できたようで、カロンの表情は幾許か和らいだ。それから、小さな深呼吸の後に言葉を紡ぐ。

「わ、私と一緒に遊んでいただけないでしょうか！」

カロンの澄んだ声が、広場に響き渡る。

「「「「…………」」」」

対する子供たちは、ポッカーンと呆けた様子だった。

彼らの反応は一向になく、次第にオロオロ取り乱し始めるカロン。

この展開はオレにとっても予想外で、少し困惑してしまった。

あの子らはどうしたんだ？　カロンに落ち度はなかったように思えるけど。

しばし首を傾げるオレだったが、子どもたちの表情を見ていると、一つの解答に辿り着いた。

「ああ、そういうこと」

「な、何が原因か、お分かりになったのですか、お兄さま！」

思わず呟くと、食いつかんばかりにカロンが反応した。よほど、現状に耐えかねていたらしい。

オレは苦笑を溢しつつ、彼女をなだめる。

「落ち着きなさい。話はそう難しくない。あの子たちに、カロンの言葉が伝わってなかっただけさ」

「伝わっていない？　彼らは、外国の方なのですか？」

「違うよ。あの子たちは敬語を知らないんだ。だから、カロンが何を言ってるのか、理解できないんだよ」

貴族として早い段階から教育を受けているカロンとは異なり、目の前の彼らは就学前の子どもだ。

一応、原作の舞台となる学園とは別に、基礎勉学を教える学校は存在する。でも、それだって九歳から始まるものなので、彼らには早かった。

　ゆえに、彼らは敬語を知らないんだ。知らない言葉遣いは、他国の言語と大差はない。

　そこまで説明すると、カロンはキョトンと小首を傾げた。

「ケイゴとは何でしょうか？」

「え？」

　想定していなかった返しに、一瞬呆けてしまうオレ。

　だが、今回はすぐに得心した。

　幼い彼女は、敬語という概念を知らないようだった。教育係に言葉遣いの指導は受けているものの、それが敬語という括り（くく）であるとは認識していなかった模様。

　オレは、どう伝えるか吟味してから口を開く。

「カロンの話し方——教育係に教わってる丁寧な喋り方（しゃべりかた）を、敬語って言うんだよ。敬語はもう少し大人が使う言葉だから、あの子たちは知らないんだ」

　厳密には違うが、今はこの説明で問題ないはずだ。聡明（そうめい）な妹なら、ある程度は知識をすり合わせられると思う。

　オレの認識は正しく、カロンは理解を示してくれた。

　彼女は慌てた風に言う。

「お兄さま、どうしましょう。私（わたくし）、敬語ではない話し方を知りません！」

育ちの良い弊害と言って良いものか。タメ口で喋る機会のないカロンは、子どもらに通じる言葉の持ち合わせがなかった。

ただ、彼女には抜け道がある。

「そんなことないぞ。オレは、カロンに対して敬語で話してない。オレの口調を参考にすれば、何とかなるはずだよ」

実際は、急に話し方を変えるのは難しいだろう。だが、オレが傍らからフォローすれば大丈夫だと思う。

「ほら、何ごともチャレンジだよ」

「が、がんばります！」

オレが激励すると、カロンは両こぶしを握り締めた。そして、子どもたちへ再び声をかける。

「えっと……私と一緒に遊んで……くれない、か？」

やや片言っぽくなってしまったけど、無事に言い切るカロン。

今度こそ、彼女の言葉は伝わったようで、子どもたちは顔を見合わせてから笑顔で頷いた。

「「「「いいよ！」」」」

その後、オレたち兄妹は、日が暮れるまで広場を駆け回った。

「申しわけございません、お兄さま」

カロンの謝罪が、背中越しに聞こえてくる。

夕焼けに染まる町の中を、オレは妹を背負いながら歩いていた。というのも、初めて同年代の子どもたちと遊んだカロンは張り切りすぎてしまったらしく、遊び終わる頃には一歩も動けないほど疲弊してしまったんだ。

だから、こうしてオレがオンブして帰路についているわけだけど、彼女はそのことを後ろめたく感じているようだった。

可愛い妹を背負えるのはご褒美も同然なんだが、それを伝えてもカロンは納得しないだろう。

オレは言葉を選び、カロンへ伝える。

「謝る必要なんてないよ。オレは、この状況を迷惑だとは感じてない」

「でも……」

「カロンが申しわけなく思ってしまう気持ちは分かる。でも、逆の立場になって考えてみてくれ。もし、オレがカロンの手をわずらわせたとして、キミはそれを迷惑に感じるか？」

「そんなわけありません！」

オレの問いかけに、強い反論が返ってくる。

疲れているはずなのに大声が出るのは、それだけ強く想(おも)われている証拠だった。

その事実を嬉しく感じながら続ける。

「オレも同じさ、カロンの手助けができて嬉しいんだ。仲の良い兄妹同士、お互いを支え合おう」

「お互いを支え合う……」

今のセリフに感じ入る部分があったのか、カロンは小さく呟いた。

「そうさ。オレが困った時は、カロンが助けてくれ」

「はい。私がお兄さまをお助けします！」

「ふふ、その調子で頼むよ」

軽快な返事をするカロンに、オレは自然と笑みを浮かべる。

カロンは立派に成長している。原作で悪役になるなんて信じられないほど、心優しい子になっていた。

最愛の妹が真っすぐ育っていることに、純粋な喜びを覚える。

オレたちは家路をゆっくり歩いた。たわいない雑談を交わしながら。

初めて城下町に出て以来、オレとカロンは定期的に外出をしていた。まだ見ぬ場所を探索することもあったが、主な活動内容は地元の子どもたちとの交流だった。

あの広場は、城下町中の子どもらが集まる場所だったようで、いつも十人前後の人影があった。満遍なく遊んではいたが、その中でも、特に絆(きずな)を深めた少年少女がいた。

一人はダン・ビレッド・マグラ。オレたちと同い年の割には体格が良く、野性味の溢(あふ)れた容姿をしている。その性格も、外面同様に豪快なものだ。やや強引なところはあるが、広場に集まった子どもたちのリーダー役を務める機会が多い。髪も瞳も茶色をしているから、魔法適性は土だろう。

一人はターラ・ブレミル・マグラ。名前から察しがつくようにダンの妹で、オレたちの一つ年下。大雑把な兄とは違って繊細な性格をしており、少々引っ込み思案の気質はあるものの、真面目で思慮深い。髪や瞳の色は兄と同じなので、彼女の魔法適性も土だと思われる。自分のことをタリィと愛称で呼んでいる。

最後はミリア・ホザテト・キクス。年齢はオレたち兄妹やダンと同じ。マグラ兄妹とは家が隣同士の幼馴染(おさななじ)みで、いつも一緒に遊んでいるんだとか。年相応の快活な性格をしていて、走り回るのが好きらしい。髪や瞳の色は緑で、魔法適性は風だと推定できる。

この三人と、最近ではよく遊んでいる。だいたい週二回くらいの頻度で足を運んでいるんだが、毎回顔を合わせるんだよな。彼らとの巡り合わせが良いんだろう。

「今日は、かくれんぼしようぜ！」

「うん、いいよ。カロンたちと一緒にやるのは初めてだから、たのしみ！」

「つかれなそうだし、タリィもサンセー」

お馴染みの面子が集まると、ダンが拳を掲げて宣言する。それにミリアとターラも同意した。

ターラの方は些か消極的な雰囲気はあるが、彼女はインドア趣味なので仕方ない。といっても、こうして共に遊んでいるんだから、心から嫌がっているわけではなさそうだ。

続いて、オレたち兄妹も賛同する。

「私も、それで構いません」

「オレもいいよ。ただ、初めてのオレたちに、ルール説明はしてくれ」

余談だが、カロンは丁寧な口調を継続している。今さら喋り方を使い分けるよりも、子どもたちが敬語を覚える方が早かったためだ。

「じゃあ、タリィが説明するよ」

オレの要請を受け、ターラが進み出た。頭を使う場面は、たいてい彼女が役目を負う。他の二人より年下なのに、割と苦労人の気配がするところは同情したい。

「まず、オニが百を数えるあいだに、それ以外のヒトがどこかに隠れる。ハンイは広場から二ブロック先まで。一度隠れたら、見つかるまで移動しちゃダメ。制限時間は三十分で、それまでに全員見つけたらオニの勝ち。質問はある？」

「範囲内なら、隠れる場所はどこでもいいのか？」

「よその家の中とかはダメ。あと、おみせもダメ。怒られるから」

「分かった。これ以上、オレから質問はないよ」

「カロンちゃんは？」

「うーん……私も特にはございません」

「じゃあ、オニを決めようか！」

　オレたちの質疑応答が終わると、ダンが元気良く声を上げた。それから、全員でジャンケンをしてオニを決める。

　結果は――

「オレがオニか」

　見事に、オレだけがパーを出して負けた。あいこもなく、一発で決定したのは情けないところ。まぁ、駆け引きもなかったたし、完全に運の勝負だったたから仕方ない。

「早速始めようか。もう数えるから、さっさと隠れてこい」

「わー、隠れろー！」

　オレが数字を呟き始めると、ミリアはノリの良い発言をしながら駆けていく。ダンもターラもそれに続いた。

一方、カロンは未だに立ち尽くしている。

「お、お兄さま……」

不安げな表情を浮かべ、何か言いたそうに声を震わせる。

オレが怪訝に思ったのも一瞬。すぐに彼女の心情を理解した。

そういえば、町でカロンが単独行動するのは初めての試みだ。今までは常にオレが傍にいたため、心細く感じているんだろう。

兄を頼ってくれるのは嬉しい限りだけど、今後のことを考えると、現状維持ではいけない。

「カロン、行きなさい。かくれんぼなんだから、隠れなきゃダメだぞ」

「で、でも」

ぐずる彼女だが、オレは首を横に振った。

「カロン一人でも、町中を歩けるようにならないとダメだ。今回は遊びだけど、いつか絶対に必要になる経験だから。今生の別れじゃあるまいし、ちょっとの間だけだよ。何も心配はいらない」

「……分かりました」

努めて優しく語りかけた末、カロンは渋々といった様子ながらも頷いてくれた。こちらをチラチラと見つつも、広場から去っていく。

頬笑ましい妹の姿に口元を緩ませる。

「こんな感じで成長していくんだな……ふふっ」

思わず漏らした自身の言葉に、苦笑してしまった。何せ、今のセリフは妹に向けるものというより、娘を愛でる父親のようだったから。

まぁ、前世を合わせると親子並みの年齢差なので、抱く感情は近しいかもしれない。

そんな益体もないことを考えながら、一から順番に数えていく。みんなが隠れる時間を十分に取れるよう、ゆっくりゆっくり数字を重ねる。

そうして百を唱えた後、オレは周囲を見渡した。灯台下暗しという言葉もあるので、近場を探ったわけだ。広場は更地だから、隠れられる場所はほとんど見当たらないんだけど、念のためだった。

案の定、小さな子どもが集まって遊んでいるだけで、カロンたちの影はない。別の場所に隠れているのは間違いなかった。

正直言うと、探知術を使えば瞬時に全員見つけられる。オレの探知は、自身の魔力を波状に拡散させて周囲の魔力を探る、という代物。人捜しには持ってこいの術なんだ。

とはいえ、それを使うのは大人げない。自分の目と足で捜すのが、かくれんぼという遊びの醍醐味だと思う。

はてさて、どこに隠れたものか。

隠れられる範囲は二ブロック――約二百メートル四方になる。その中から三十分以内で四人を見つけるのは、四歳児の足では至難の業だろう。闇雲に捜していては絶対に間に合わない。

一応、おおよその見当はついている。ダンは単純な少年だから、きっと広場から一番離れた地点に身を隠したはずだ。彼ともっとも仲の良いミリアも、彼の近くにいると予想できる。

厄介なのはターラだな。彼女は、ダンの妹とは思えないほど聡明だ。制限時間以内に見つからないよう、ダンたちとは正反対の場所に隠れるくらいの策は講じる気がした。もしくは、裏をかいて広場のすぐ近くにいるとか。

「悩んでても埒が明かないな」

所詮は……と言ったら失礼だけど、結局は子どもの遊び。あれこれ考えるのではなく、行き当たりばったりに楽しもう。せっかくの童心に返るチャンスなんだから。いや、肉体は紛れもない子どもだけどさ。

とりあえず、広場の外へ向かう。ここに誰もいないのは確定しているから、さっさと移動してしまおう。

えっ、カロンの居場所は考えないのかって？　そんなものは、考えるまでもなく分かり切っていた。彼女のことは誰よりもオレが理解しているんだ、隠れる場所くらい容易に想像できる。

十中八九、ダンたちの近くにいる。カロンは勝敗よりも遊びを楽しむ方へ重きを置いているから、団体行動を優先しているはずだ。

優先するターゲットはダンとミリアで確定。カロンの発見も目途が立っているし、ターラのことは追々考察しよう。

そんなことに思案を巡らせつつ、オレは路地の間を抜けていく。あれくらいの子どもなら、単純に目の届きにくいところへ向かうだろう。

「真新しい足跡もある。間違いないな」

そちら方面の技能があるわけでもないので、正確な分析はできない。だが、できたばかりの足跡を確認する程度は可能だった。ダンたちがオレの予想通りの行動をしているのは、確かだと思う。

誰かが隠れていても即座に見つけられるよう、周囲を見渡しながら進む。路地と言っても、この辺はまだ治安の良い場所のため、そこまで身構える必要がないのは楽だった。

歩くこと十分程度。そろそろ、かくれんぼの範囲の限界に到達しようとしていた。未だダンたちは見つからないので、かなりギリギリのところに隠れているらしい。

これで、ターラが本当に反対側へ隠れていたら、オレの負けだな。三歳児に敗北する前世との合算年齢三十超えとは、これ如何に。苦笑いしか浮かばないよ。

フフッと笑声が漏れる。思いのほか、オレも遊びを楽しんでいるようだった。肉体に精神が引っ張られているのかもしれない。

鼻歌交じりに歩くことしばらく。とうとう、オレは二ブロック先まで辿り着いた。辺りを確認してみるが、ダンたちの気配は感じられない。

読みを外したか?

そう考えたが……何というか、妙な胸騒ぎを感じる。虫の知らせとでも言うのか。嵐の前の静けさのような、嫌な予感を覚えた。

そして、その直感は正しかった。

訝(いぶか)しげにしているオレの下に、微弱な魔力の波が届く。

「カロンッ!?」

考える間も置かず、オレはその場から駆け出していた。

届いた魔力は、紛(まが)うことないカロンのものだった。これは、万が一の際に使うよう決めておいた救難信号。今まさに、彼女は危機に陥っているんだ。

駆けながら、オレは探知術を起動する。町中ゆえに、いくつもの生体魔力が引っかかるけど、重要なのは一握り。

「見つけたッ」

現在地より直線距離で五十メートル離れた地点、そこにカロンがいた。しかも、すぐ傍らにはダンとミリアもいる。ターラも近場にいるが、三人とは距離を置いていた。

カロンたち三人は、正体不明の魔力五つに囲まれていた。魔力の大きさからして、一般人以上騎士以下。町のチンピラといったところか？　魔力的には勝てるとは思うが、敵は五人もいるし、他の要因を含むと分からないな。

これがゲームなら主人公の転生者特典――メタなことを言うとプレイヤー視点――で、対象のレベルを確認できるんだが、オレはそのようなご都合主義的な代物を持ち合わせていない。

しかし、四の五の言っていられる状況ではなかった。敵対者は、徐々にカロンたちと距離を詰めている。急いで助けに入らないと。

直線距離は五十メートル程度だが、ここは入り組んだ路地だ。チンタラ道なりに走っていては、どう頑張っても間に合わないだろう。

であれば、律儀に順路にならう必要はない。

オレは三階建ての建物に向かって、全速力で走る。このままでは壁に激突してしまうところだが、その心配はいらなかった。

建物に激突する前に、オレは足に力をこめる。そして、上空へと跳んだ。

オレは建物の壁面を駆け、数歩で建物の屋上へと足をかける。そのまま、屋根伝いにカロンの下へ向かった。

普通の身体能力なら不可能な芸当だが、オレには【身体強化】があった。現時点で元の五倍まで強化できるオレにとって、三階建て程度は障害物たり得ない。

限界まで強化した脚力を用い、ものの数秒で目的地へ辿り着く。

階下を見れば、粗野な男どもに囲まれているカロンたちの姿が見えた。殴られたのか、ダンは地面に倒れ伏していて、カロンやミリアも男たちに腕を摑まれている。かなり強く握られたのか、カロンたちは顔をしかめていた。

「ッ!?」

一瞬、頭が真っ白になった。カロンが害されそうになるという初めての経験を前に、心の底から怒りが湧き上がった。

でも、堪える。ここで感情に任せて突入しては、三人のうちの誰かを人質に取られる可能性があった。

落ち着け、クールになれ。感情は活力にはなるが、同時に失敗の源でもある。感情を表に出すのは良いけど、振り回されるのはダメだ。

深呼吸をし、気を落ち着かせた。【平静】を使うほどではない。まだ理性が勝っている。

階下の状況に変化はない。ダンは気絶しているらしく、倒れたまま。ミリアは泣きながらダンの名前を呼んでいる。カロンは気丈にも男たちを睨んでいた。

カロンが火魔法で抵抗しないのは、【偽装】に依るところが大きい。今の彼女は茶髪に緑目という容姿。火魔法を扱えるのは不自然なんだ。

一発でこの状況を打破できるなら問題ないが、失敗した場合に怪しまれるのは確実。ダンたちもいる以上、下手に攻めて出られなかったんだと思う。

フォラナーダの娘だと悟られないために元とは離れた容姿を選んだんだが、完全に裏目に出てしまった。友だち想いの優しい子に育ってくれて嬉しい反面、自分の身を第一に考えてほしくもある。複雑な心境だ。

どうやって、三人を助け出そうか。ここから飛び降りて不意を打つ、という手は有効そうだが、普通に対処されそうな気もする。上手くいっても、三人倒せるかどうか？

やはり、人数差と相手の力量が測れない点が痛い。平和な日本育ちかつ箱入り息子が、そういった物騒な技量を持ち合わせているわけがないんだ。

万全を期すなら、もう一手欲しいところだが――。

時間の猶予もない中、オレは改めて周囲を見渡す。

すると、少し離れた物陰に、ターラが隠れているのを見つけた。彼女は悪漢に囲まれる三人を、ハラハラした様子で覗(のぞ)いている。

彼女を薄情というのは酷だ。三歳児に、あの状況へ飛び込む勇気を求める方が間違っている。逆に、自分は足手まといにしかならないと分かっている理解力を褒めるべきだろう。

ふと、思いつく。

オレはとっさに考えついたアイディアを実行するべく、ターラの傍に飛び降りた。

「ひゃっ――」

「静かに」

突然現れたオレに驚いてターラは悲鳴を上げそうになるが、即座に口を押さえて阻止する。

彼女は現れたのがオレだと気づくと、ホッと肩の力を抜いた。

もう大丈夫そうなので、口を押さえていた手を退(ど)ける。

「ゼクスさん、お兄ちゃんたちが！」

「分かってる。今から助けるんだけど、ターラの力を借りたいんだ」

「た、タリィの？」

ターラの瞳が揺れている。

何を手伝わされるのか不安なんだろうが、無茶はさせるつもりはないから安心してほしい。

「簡単なことさ。オレが合図したら、奴らの前に姿を見せてくれ。ターラに意識が向いてる隙に、オレが奴らを制圧する」

「えっ、でも、それってゼクスさんが――」

「大丈夫。オレは強いよ」

オレは、ターラを真っすぐ見つめた。

相手の力量は測れないが、自分の強さは理解している。まだまだ魔法の熟練度は低いけど、それ以外の項目を加味すれば、今のオレでも下位の騎士くらいの実力はあるはずだ。原作内で例えるならレベル20ちょっと、一年生の一学期終了時点程度か。

ちなみに、レベル上限は99。一般人の平均は10で戦闘職の平均は35、国内トップは57、ラスボスは70、裏ボスは99である。

閑話休題。

原作のレベル表記が正しいのであれば、騎士の最低ラインのレベルを持つオレであれば、単独でもチンピラどもは一掃できる。ただ、イレギュラーを考慮して、ターラに囮役を任せたいんだ。距離は十分あるから、連中に魔法師が紛れていても攻撃される心配はないし。

オレの自信たっぷりの様子を見て納得してくれたのか、ターラは静かに頷いてくれた。

「よし。早速、行ってくる。今から十秒後に決行だ」

「え、もう!?」

心の準備ができていないようで、ターラは慌てだす。

しかし、彼女の気構えが整うのを待っている時間はない。

「悪いけど、そろそろ動かないとカロンたちが連れてかれる」

すでに、三人とも手足を縛られていた。魔法を使えるカロンはまだしも、ダンとミリアは逃走も叶わない状態だった。

それを認めたターラは、緊張した面持ちを浮かべる。

「わ、わかった。がんばってみる……」

「奴らの前に姿を見せるだけでいい。あとはオレに任せろ」

気休めにすぎないが、彼女の背中を軽く叩く。

多少は肩の力が抜けたようなので、オレは再び屋上へと駆け上がった。

この場から引き上げようとするチンピラどもを眺めながら、心のうちで十秒を数える。

真っ先に狙うのは、カロンたちを抱えている三人。彼女らの身柄の確保が最優先だ。最悪、他の賊二人は放置して、逃亡することも視野に入れる。

十秒は早い。あっという間に数え終わり、それと同時にターラの声が響いた。

「お兄ちゃんを返せ！」

普段の落ち着いた彼女とは思えない、大きな叫びだった。その頑張りのお陰で、チンピラたちの意識は、完全に彼女の方へと向く。

同時に、オレは宙へ身を躍らせる。当然、重力に従って落下を始めるが、それだけでは遅すぎる。ターラにチンピラが襲いかかってしまうだろう。

だから、一手を付け加えるんだ。

地面に対して頭を向け、逆立ちの体勢の足元より魔力を放出した。これでもかというくらい大量に、それこそ全魔力の半分を注ぐ。

放出した魔力は、五センチ立方のサイズに圧縮される。ギュウギュウ詰めになった魔力は、どこか危険な光を宿す。

十分に圧縮し切ったと判断したオレは、自らの足裏を魔力の立方体へ叩きつけた。

本来なら魔力は実体を持たないため、このようなことをしても、足は空振るだけ。

ところが、オレの足はしっかり立方体を踏み締めた。ともすれば、オレの落下速度が加速するのは必然。

五倍の【身体強化】より繰り出される脚力はすさまじく、弾丸の如き速度でチンピラどもの中心へ突っ込んだ。

この速度に反応できるものは、オレと同じように【身体強化】ができる者か、強化状態のオレを超える身体能力を有する者のみ。

そんな輩（やから）が、こんな場所で油を売っているわけがない。畢竟（ひっきょう）、誰一人として反応できず、カロンたちを捕縛していた三人を昏倒（こんとう）させられた。続けて、呆然（ぼうぜん）としていた一人も殴り飛ばした。

残るは一人。さすがに、もうオレの存在は認識しているが、このまま仕留めさせてもらおう。

オレは高速でチンピラの懐へ飛び込み、奴の鳩尾（みぞおち）へ拳を放った。

しかし、

「むっ」

思わず声が漏れる。

何と、チンピラはオレの攻撃を避（よ）けたんだ。偶然といった風ではない。明らかに、オレの攻撃速度に反応できていた。

先程と違って、今は重力を加算していない。純粋な四歳児の身体能力だから、たとえ五倍強化していても、追いすがれる者はいるだろう。ただ、目前の敵は、身体能力が単純に優れている者の動きではなさそうだった。

詳しくないため、ただの当てずっぽうだけど、何かの武術をたしなんでいる気がする。

オレはその疑念を胸に秘めたまま、チンピラへ向かってラッシュを見舞った。結果、すべての攻撃はギリギリで回避される。

見極められているわけではない。かろうじて避けられている、といった感じではある。だから、ゴリ押しでも倒せるはずだ。

だが、時間がかかる。そんな猶予を与えてしまえば、せっかく不意打ちで沈めた四人が起き上がってしまう。

オレが武術を心得ていたら違ったんだろうが、残念ながら、四歳児の体を慮って学んでいない。前世でも、そういった経験は皆無だった。

相手も、時間をかけたらどちらに優位性が傾くか理解しているらしく、必死ながらも笑みを浮かべていた。腹立たしい限りである。

攻防が一分続き、オレも焦りを見せ始めた頃。唐突に戦闘は終わりを告げた。

というのも――

「ぐげっ!?」

チンピラの頭と腹が爆(は)ぜたんだ。頭に至っては、髪が炎上している。

燃える炎を消すために、敵は地面を転がり始めた。この隙を逃すはずはなく、オレはきっちり男を気絶させた。お情けで炎は消しておいてやる。もはや毛根は死んでいるとは思うが。

戦いの終わりを認め、オレは背後を振り返る。

そこには、少し疲れた顔をしたカロンがいた。拘束は、自前の火魔法で燃やしたよう。

「ありがとう、カロン。助かったよ」

「お兄さまのお役に立てたのなら本望です!」

そう。先程の爆発は、カロンの火魔法だった。中級の【爆炎】という、対象を爆破して炎上させる殺傷性の高い攻撃魔法だ。

ためらいなく中級攻撃魔法を撃ったのには驚いたが、敵前で隙をさらすよりは断然良い。

「無事で良かった」

「助けに来てくださると信じておりました」

パッと見た限りケガもないカロンを、オレは抱擁する。彼女も嬉しそうに抱き返してくれた。

ギュゥッとしがみつく彼女の手は、若干震えていた。表面的には気丈に振る舞っているけど、内心では恐々としていたんだろう。初めて、魔法で他人を傷つけたのも含まれるか。

とにかく、今起こったことのすべてが、子どもの許容量を超えているのは間違いなかった。

オレはカロンを安心させられるよう、努めて優しく彼女の背中を撫(な)でる。割れものみたいに丁寧な扱いをしていると、おもむろにカロンの緊張は解けていった。今夜は添い寝をしてあげるとして、現状はもう心配いらないと思う。

名残惜しいが、いつまでも抱き合っているわけにはいかない。被害者は他にもいるんだから。

「お兄ちゃん、ミリア!」

離れたところで様子を窺(うかが)っていたターラはようやく辿り着いたようで、二人に向かって声をかけた。

それを受け、オレたちもそちらへ足を向ける。

ミリアは、泣きじゃくっていたものの外傷はなさそう。精神的負担は受けただろうが、その辺は精神魔法で密かに治療しておこう。最低でも、トラウマにはなるまい。

一方のダンは、結構本気で顔を殴られた模様で、顔が大きく腫れていた。くの字にうずくまって呻いてもいる。素人判断だが、鼻骨と肋骨数本が折れているんだと推定される。

重傷だな。子どもの体力だと、下手したら死にかねないケガだ。チンピラどもは、四歳児相手に何を本気になっているんだか。

オレがチンピラの外道っぷりに憤慨していると、カロンがおずおずと口を開いた。

「お兄さま、実は……」

カロンの話によると、ダンは他の二人をかばって傷を負わされたらしい。男の自分が女の子を守るんだ、という矜持か。古臭い考え方だけど、まぁ、中世風の世界だもんな。

本来なら無謀な行動を叱るところだが、今回は大目に見よう。彼のお陰でオレが間に合ったわけだし、重傷を治す方法もある。

オレがカロンの方へ視線を向けると、彼女もこちらを見ていた。その瞳は期待の色に輝いている。

うん。カロンなら、そういう行動を取りたがるよね、知ってたよ。だって、そんな優しい子に育ってくれるよう、色々世話してきたわけだし。

オレは苦笑いをしつつ、首を縦に振る。

すると、カロンは満面の笑みを浮かべ、ダンの下へ駆け寄っていった。

彼女が何をするのか、言をまたないだろう。

とはいえ、ボーッと治療が終わるのを待っているわけにはいかない。ある程度の隠蔽工作をしなければ、後々面倒な事態へ発展する可能性がある。

「まだ慣れてないけど、仕方ないか」

残った魔力を放出し、オレたちを覆い隠す。

今からやるのは、【偽装】の応用だ。【偽装】の魔法は、誰でも扱えるように、どの属性でも発動できる術理をしている。そのため、少し改変するだけで無属性でも行使できるんだ。

色々と便利そうな魔法を見逃すオレではなく、事前にシオンより習っていた。まぁ、習い始めたばかりなので完璧には使えないんだが、外部から情報を遮断するくらいはできる。

加えて、周囲に向かって探知術も発動する。半径一キロメートルに監視者はいない模様。おそらく、今回の治療が第三者より露見することはない。

問題はダンたちか。当事者である三人を誤魔化すのは不可能だ。きちんと説明をして、黙っていてくれるよう頼むしかない。

最悪、精神魔法で縛る手段も考えるが、できればやりたくなかった。

使用者だからこそ理解できることだが、精神魔法に限界はない。際限なく他者の精神を操作でき、練度を上げれば洗脳だって容易に行えるだろう。世界の覇者になれる力だ。

一般的な人間性を有するオレに、そんな支配願望はない。誰彼構わず洗脳する外道には落ちたくないので、強化魔法を除く精神魔法を敵対者以外に使いたくなかった。友人の彼らに向けるなんて、なおさら避けたい。

無論、この自戒が絶対のモノとは言えないけど——

「あれ、俺は……」

「よがっだよぉ」

オレが深く思考している間に、カロンによる治療は終わったようだった。ダンはケガのないキレイな状態に戻っており、ボーッと空を見上げている。

そんな彼に、ミリアは号泣しながら抱き着いていた。幼馴染みが瀕死の重傷から生還したんだから、当然の反応か。

最初は状況の理解が及んでいないダンだったが、次第に頭が回り始めたらしく、その場から飛び起きた。

「きゃっ」

「そうだ、さっきのチンピラたちは……って、えぇ!?」

跳ね飛ばされるミリアを気にも留めずに周囲を警戒するダンは、そのうち気絶して倒れているチンピラたちを発見した。それから、どうして奴らが伸びているのか分からず、目を丸くする。

混乱の境地にいるダンだったが、傍らに歩み寄ってきたターラが正気に戻した。頭にゲンコツを落として。

「お兄ちゃん！」

「痛っ」

ゴチンという音が響く。傍で見守っているだけのオレも顔をしかめてしまうくらい、痛烈な音だった。

「ゼクスさんとカロンさんが助けてくれたんだよ。まずはお礼！」

「え、助けてくれたって、どういう――」

「お礼！」

「痛い！」

再び炸裂(さくれつ)するゲンコツ。痛快な音が鳴るのは良いんだが、あれってターラの方も痛くはないんだろうか？

コント染みてきたマグラ兄妹のやり取りを受け、オレはカロンの方を見る。何というか、同じ兄妹でも、オレたちとは随分と在り方が違うなと思ったんだ。

すると、彼女もオレの方を見ていたようで、バッチリ視線が交差した。どうやら、向こうも同様の考えをしていたらしい。

思わぬ以心伝心に、オレとカロンはそろって笑いだす。

その笑声は想像以上に大きく、他の三人もこちらに注目した。

最初こそ、突然笑い始めたオレたちに驚いていた三人だったが、笑いが伝染したのか、一緒になって腹を抱えだす。

物騒な事態に陥ったオレたちだったが、そこには平和な一幕があった。

○●○●○

カロンたちがチンピラに襲われた日から一週間が経過した。

あの後の処理は、比較的スムーズに終わった。

まず、ダンたち三人の口止め。オレたちに命を助けられたこともあって、二つ返事で了承してくれた。

ただ、光魔法を使ったカロンの身元は、さすがにバレてしまった。だから、人目の届かない場所で【偽装】を解いて事情を説明しつつ、今まで騙していたことを謝罪した。

この時ばかりは、多少緊張した。必要だったとはいえ、ダンたちを騙していたのは事実のため、許されない可能性が大いにあったから。カロンの緊張はオレ以上だっただろう。

幸い、彼らはオレたちを許してくれた。というより、気にしていなかった。『貴族の友だちとかスゴイ！』と喜んでいたくらいだ。ダンたちがカロンの初めての友だちで、本当に良かったと思う。

光魔法の希少性は耳にタコができるほど教え込んだので、ちょっとやそっとでは吹聴（ふいちょう）しないはず。ダンとミリアに至っては、「光魔法」って呟くだけで顔色を青くするくらい追い込んだし。

ターラの心配はしていない。彼女は年上の二人よりも信頼が厚いもの。

次にチンピラたちだが、町の衛兵に引き渡した――なんてことはない。カロンが光魔法を行使した以上、事件そのものを有耶無耶（うやむや）にした方が安心できる。

そのため、連中はオレが拘束した。シオンに手伝ってもらい、今も領城の地下牢（ちかろう）に縛られている。

このことを知るのは、オレとシオンだけだ。他の面々には衛兵に渡したと伝えているし、城の者はチンピラの存在自体を認知していない。

というのも、チンピラたちを実験台にしようと考えたんだ。

知っての通り、オレは精神魔法を切り札の一つとしている。だが、強化魔法（バフ）ならまだしも、他者へ悪影響を与える弱体魔法（デバフ）の類は未開発に近かった。効果が不透明の代物を、安易に他者へ施すわけにはいかなかったゆえに。

そんなところに転がり込んできたのがチンピラ。尋問した結果、彼らは子どもの誘拐や窃盗、殺人など、色々罪を犯していたようなので、実験台にするには持ってこいだった。領内の法律を参照すると結局は死刑だったし、せっかくだから有効活用したい。

人道的には間違っているだろうし、前世の倫理的にも忌避感を覚える。しかし、オレの優先はカロンの生存だ。今回の一件で、彼女の安全が確かではないと実感してしまった以上、多少の悪事をためらってはいられない。対策を怠ったせいで犠牲が出たなんて未来は、絶対に迎えたくない。

まぁ、そこまでマッドなことをする予定はない。あくまで最悪の場合に備えた実験であって、理論上は問題ないんだ。全部上手くいけば、おそらく死刑になるよりはマシな扱いになると思う、たぶん。

実際、この一週間内に異常は起こっていない。予想以上の弱体効果が発生したりはしたが、命や精神に別状はなかった。大丈夫だ、うん。

そういうわけで、先の一件は、完全に闇に葬られた。

――と考えていたんだが、事態は面倒な方向に転がってしまった。それを知ったのは、つい先程のこと。

「地下で捕えている連中のことを捜している賊が、町中に出没しているようです」

シオンの報告によると、賊というのは、我がフォラナーダ領と隣領の境で活動をしている盗賊を指しているらしく、チンピラは盗賊の下っ端だったというんだ。

考えてみれば、死刑になるほどの罪を重ねておいて、今まで衛兵に捕まらなかったのは妙だった。衛兵以上のレベル――だいたい25以上あるなら別だが、奴らはレベル20程度と、オレにも負けるくらい弱い。

なるほど、盗賊の後ろ盾があったのなら納得できる。普段は、町から大きく離れたアジトにて潜伏していたんだろう。

……いや、待て。

「尋問で、その辺を聞き出せてなかったのか？」

奴らの余罪を問い詰める際、盗賊関連の話は聞けなかったのか？

そう疑問を呈すると、シオンはあっさり返した。

「聞き出せてはいましたが、重要度の低い情報だと判断し、ゼクスさまにはお伝えしておりませんでした」

「はぁ？」

素っ頓狂な声が漏れる。

どう考えても、あらかじめ対処すべき案件だ。それを重要度が低いとは、どういう了見だろうか。

オレの内心を悟ってか、彼女は淡々と続ける。

「連中は盗賊でも下っ端です。そのような者が行方不明になったところで、誰も気にせず捨て置くと踏んでおりました。また、盗賊の情報を渡したところで、ゼクスさまは特に行動を起こさないとも」

「むぅ」

オレは唸（うな）る。

彼女の指摘は正しい。普通は下っ端が行方不明になったくらいで、遠い領境で活動する連中が捜しに来るとは考えない。それに、その事実を知ったところで、オレは積極的に動かない。

正確には、動けない、だな。現時点のオレに権力は一切ない。ただのフォラナーダ伯爵の息子というだけ。盗賊の討伐隊を編制するなんて、夢のまた夢だ。

確かに、シオンの言は一理ある。だが、それを許容するのは難しかった。

「今後は、オレに関係なさそうでも、重要な情報は伝えるように。命令だ」

関係ないと捨て置いた情報が思わぬ伏線だった。そんな展開は割と起こり得ること。一から十まで伝えろとは言わないけど、せめて重要度の高いモノは知っておきたかった。

承知いたしました、と頷くシオンを認めたオレは、ふぅと息を吐く。そして、座していた席より立ち上がった。

「じゃあ、出るか」

「……？」

それを見て、シオンは怪訝な様子で首を傾げた。これからオレが何をするのか、まったく理解できていない模様。

話の流れから分かって良いものだけど……まぁ、仕方ないのかもしれない。今のオレは、ただの五歳児――先日誕生日を迎えた――だからなぁ。

オレは内心で苦笑を溢しつつ、シオンに告げる。

「盗賊狩りに行くぞ」

「…………………………………えぇぇぇぇぇぇぇぇぇぇぇぇ!?」

たっぷり間を置いた後、彼女の音程を外した声が部屋中に木霊した。

○●○●○

「本当に、盗賊を殲滅するのですか?」

深夜、領境に近い森を駆け抜ける最中。領城を出てから百度目となる問いを、シオンが投げかけてくる。

いい加減にしてほしいところだが、こちらの身を案じてのことだと考えれば無下にはできない。

オレは変わらない返答をする。

「ああ、鏖殺する」

可能性は低いが、盗賊がチンピラたちの捜索を続ければ、いつかは真実に辿り着くかもしれない。

そうなると、カロンが光魔法を使えることが露見する可能性も出てくる。それは何としても避けたい。

不安の芽は、残らず一掃するのが手っ取り早い。それが悪人なら、余計に殲滅すべきだ。

加えて、オレの戦力を確認する意味もある。

前回のチンピラ戦では、色々と考えさせられた。接近戦の脆弱さはもちろん、敵対者の力量が測れないのも問題だった。その辺の課題を、この一週間でできるだけ解消したつもりだ。実験台の犠牲は無駄にはしない。

盗賊のレベルや規模によっては、オレ単独で対処できないことも考慮すべきだが、その時の保険であるシオンは用意してある。彼女はレベル35程度あるみたいなので、盗賊くらいは物ともしないはずだ。現に、彼女はオレの心配はすれど、自分の心配は一度もしていない。

――何でシオンのレベルが分かるのかは、オレが新しく開発した術式の効果だ。対象の魔力や精神の一部を読み取り、オレの持つ原作知識を照らし合わせてレベルを算出するというもの。術式名は、そのまんま【鑑定】。

現時点では精神の表層しか調べられないため、だいたいのレベルしか把握できないが、自分のレベル以下の相手なら探知術越しでも見極められる。我ながら強力な手札を作れたと思う。

全力の【身体強化】で駆けること三時間ほど。馬車で二日はかかる距離を走破し、盗賊のアジトへ到着した。敵の住処は、森の中にある洞窟のようだった。

ちなみに、シオンは息を切らせながらも追随している。素の身体能力の差に加え、向こうは風魔法で加速していたため、同行を可能としていた。

「はぁはぁ。ゼクスさま、早すぎます」

「ちゃんと追いつけてるじゃないか」

「こちらは風魔法の【加速】を多重行使しておりますからね。【身体強化】単体でこの速さは、正直言って異常ですよ」

「そりゃどうも」

シオンは手放しで褒めてくるが、オレは素直に喜べなかった。

オレが求めているのは、他の追随を許さない〝最強〟だ。どんな相手が敵でもカロンを守れるようになりたいんだ。属性魔法師と並べる程度では、満足できるはずがない。

現時点での速度比を考慮すると、最低でも八倍は必要か。やはり、十倍をキープできるようになるまで精進しないと。

「賊は……見張りが二人、出入り口より入ってすぐの部屋に五人、その奥の部屋に就寝中の者が十人、最奥に三人います」

風魔法の【探知】を使ったらしいシオンが、敵の情報をオレに伝えてくる。

日頃ドジを踏みまくっている彼女だが、こういう行動の早さは、さすが王宮からの諜報員(ちょうほういん)だと感心する。

念のため、オレも探知術を放った。おおむねシオンの報告と同じで、奥の三人を除くと平均レベル18といったところか。

だが、一人だけ極端に魔力の小さい輩が存在した。最奥に陣取るうちの一人だった。

普通に考えれば弱者なんだけど、それはおかしい。本当に弱いなら、探知術越しでもレベルを鑑定できるはずだからだ。

疑問に思ったオレは、すぐにシオンへ尋ねる。

「一人、とても気配の小さい者がいるけど、なんか妙だ」

「ゼクスさまの探知は対象の魔力を測るのですよね。でしたら、その者は魔力を隠蔽する技術を有しているのでしょう。たいていの場合、そういう手合いは強者です」

「なるほど」

そんな技術もあるのか、参考になるな。

シオンが傍にいる状況で、この手合いに出会えたのはラッキーだった。彼女の知識がなければ、何も知らずに突っ込んでいたかもしれない。

しかし、魔力隠蔽なんて技術が存在するのだとしたら、この探知術も改良が必要だな。盗賊程度でここまで抑えられるのなら、さらなる強者は完全に魔力を絶てる可能性がある。帰ったら改良案を模索しよう。

そう心に誓いつつ、オレは早速打って出る。

「オレが先行する。シオンは、いざという時のフォローを」

「承知しました」

オレに遅れて、シオンは後ろを走る。彼女には、オレがピンチに陥った場合のみ、手を貸すことを許可している。今回は、あくまでオレの実地訓練だ。

オレは魔力で全身を包み、【偽装】によって夜闇に擬態する。まだ完全に【偽装】を習得したわけではないが、見通しの悪い闇夜なら問題ない。

見張りの二人はまったく気づくことなく、オレの接近を許した。オレはシオンに調達させておいた短剣――普通の剣は、体格の関係で持てない――で彼らの首を薙ぐ。

魔力をまとわせた短剣は、その切れ味以上の効力を発揮し、見張り二人の首を吹っ飛ばした。

まだ隠密行動を続けたいので、事切れた二人の体をそっと受け止める。血飛沫をもろに浴びるが、こればかりは仕方ないと割り切る。

「ふぅ」

音を立てないように死体を地面へ下ろすと、オレは小さく息を吐いた。

前世を含めて、初めての殺生だった。動物どころかヒトを殺した。その衝撃は思った以上に大きい。心臓がバクバクと脈動し、アドレナリンが分泌されているのか、気分が高揚している。

ただ、予想に反して、気持ち悪さはなかった。いや、肉を斬り裂く感覚は間違いなく気持ち悪かったけど、吐き気を催す風な気分の悪さはない。色々と身構えていただけに、些か拍子抜けだった。準備していた【平静(カーム)】も無駄である。

殺生に対して、オレはそこまで忌避感を覚えない人間だったらしい。幸いと言うべきか悩むところではあるが、今後を考えると良かったんだろう。殺す度に精神魔法で落ち着かせていては、そのうち心を壊しそうだし。

小さく呼吸を繰り返して高ぶる気を落ち着けると、オレは洞窟へ向けて走った。

内部は、想像していたよりも清潔だった。天然のモノに手を加えた感じか。自然さと不自然さが同居した、妙な雰囲気のする場所だった。

一分もしないうちに、最初の部屋へ辿り着く。

ここは交代の見張り番が待機するところらしく、起きている輩と眠っている輩が半々だった。

灯(あか)りがあるので完璧に姿を隠すのは難しいが、魔力をまとったまま突入する。

当然、起きていた三人は侵入者に気がつく。だが、不意を打たれたのは確かで、武器を構えるのに時間がかかった。

一人は、反応する間もなく喉を斬った。

一人は、多少動かれたものの、体勢を整える暇を与えずに首を落とした。

一人は、武器を手に取るまでは動かれたが、一度も剣を交えず頭を地面に転がした。

ここまで、部屋に侵入してから数秒のできごと。彼らの死体が地に倒れる音しか鳴っていない。

残る二人は、闘争の気配を感じて目覚めたようだったが、それよりもオレの動きが早かった。

ざっくりと喉へ短剣を突き立て、その命の灯を掻き消す。

順調だ。探知術より伝わる感触的に、未だ襲撃は気づかれていない。さすがに、次の十人との戦闘で隠密を続けるのは無理だろうけど、何人かは暗殺で始末できるはず。

充満する血の匂いに眉をひそめつつも、オレはさらに奥へ進んだ。この匂いが敵に届いては、せっかくの隠密行動が無駄になってしまう。足を止めている余裕はない。

次の部屋は寝床のようで、全員が眠りについていた。灯りも落としてあり、【偽装】による擬態が十全に活きる。

オレは、出入り口付近の者から殺していった。喉と心臓を一突きずつ刺して命を奪っていく。

途中で襲撃に気づかれるが、もはや関係ない。火を灯そうとする者を優先して狙い、灯りがつく頃には残党二人まで削れた。暗がりの襲撃のせいで混乱したのか、魔法を使われることなく、何人か同士討ちさせられたのも大きい。

補足しておくと、オレは暗闇でも問題ない。【身体強化】によって五感を研ぎ澄ませているから、昼間と変わらず行動できるんだ。

盗賊二人を前にして、オレはわざと【偽装】を解く。

すると、敵二人は驚愕の表情をした。たぶん、襲撃者が五歳の子どもだったので、度肝を抜かれたんだろう。

気持ちは理解できるけど、これだけ味方を殺されておいて隙をさらすようでは、殺してくださいと言っているようなものだ。

オレは再度【偽装】を展開、半透明状態になる。

本来なら、目の前で中途半端な擬態をしても、何の意味もない。

しかし、盗賊二人はオレの正体を見て動揺していた。しかも、精神魔法で動揺をあおった。そんな状態で、唐突に半透明になった人間を認識できるはずがない。こちらを見失った二人は、瞬く間にオレの手で斬り殺された。

【偽装】と精神魔法のコンボは、想定以上の効力を発揮している。今の相手の戦力はオレと同等くらいだったが、一方的に蹂躙(じゅうりん)できた。敵に本来の実力を出させないのが大きいんだろう。オレの弱点である、技術力の拙さも上手くカバーしているし。

さて、あとは奥にいる三人か。

喉を裂いた盗賊の死を確認し、息を吐(つ)く暇もなく先に進もうとしたところ。

「ッ」

オレは奥へ続く入り口に向かって身構えた。生き残っているうちの二人が、こちらに向かってきているのを感じ取ったためだ。

程なくして、盗賊が姿を現す。

一人は、たいそう大柄な男だった。二メートルくらいはあるだろうか。盗賊らしい粗野な容貌で、体格に適した大斧(おおおの)を肩に担いでいる。

もう一人は細身の男だ。相方のせいで小さく見えるが、身長は百八十程度あると思う。細い割にはガッシリしているし、立派な戦士の風貌だった。すでに片手には長剣を持っており、臨戦態勢である。

こいつら相手に、オレの中途半端な【偽装】は通用しなそうだ。今までの賊とはレベルが違ううえ、正面から相対してしまっている。仮に魔法で精神を乱しても、即座に適応する可能性が高かった。

であれば、純粋な戦闘で決着をつけるしかない。一応、そういう方面の訓練も積んできてはいる。何とかなると信じよう。

オレは腰に差していた二本目の短剣を持ち、二刀流で立ち向かう。短剣の持ち味は、取り回しやすさと手数の多さ。その利点を最大限に活かすんだ。

ドンッ！

【身体強化】を足に集中させ、弾丸の如く飛び出す。予備動作も重心移動もない、完璧な不意打ちのスタートを切れたと思う。

実際、こちらが攻撃可能範囲に潜り込むまで、敵二人は接近に反応できていなかった。驚愕の気配も取れるので、良い出だしだったはず。

厄介な敵を先に潰すことにした。斧使いは得物が大きすぎて、この洞窟内では力を発揮し切れない。ゆえに、優先すべきは剣士の方だ。

片方を順手に、もう片方を逆手に持って短剣を振るう。すでに長剣の射程範囲より内側に入り込んでいるので、敵は上手く攻撃できずにいた。対して短剣かつ小柄なオレは、一切の制限を受けることなく斬撃を繰り出す。

一閃(いっせん)、二閃、三閃。超インファイトの剣撃はこちらの圧倒的優位に進み、短剣を振るう度に敵の傷を増やしていった。

一方、斧使いの方は、完全に攻めあぐねている。オレと剣士が密着しすぎているし、攻撃のほとんどが大振りだから、こちらとしては回避しやすいんだ。

純粋な剣術では、確実に敵の方が上だろう。こんな状況でも、致命傷を負わない立ち回りができていることが良い証拠。しかし、完全にこちらのペースに持ち込めていた。

身体能力差や間合いによるアドバンテージ、というだけではない。もう一つ、オレを有利にする手札が存在した。

【鑑定】に次ぐ新しい術、その名も【先読み】である。

これも名前のまんまだな。精神魔法で対象の敵意や殺意を読み取り、それによって相手の攻撃軌道を察知するんだ。敵意と殺意のみに絞っているため、かなり正確な軌道算出をできる点が長所だ。

こちらの斬撃が一方的に命中し、傷口が増え、それに伴って出血も多量になる。結果、剣士の動きは精彩を欠いていった。何とか保っていた均衡は崩れ、ついに致命的なケガをしてしまう。

「はッ！」

「ッ!?」

オレの放った裂帛の一撃が、剣士の右手首をかすめる。

ここまで追い詰めて、ようやくかすめる程度なのは、本来の実力差ゆえに仕方ない。それでも、このかすり傷は戦いに終止符を打つものだった。

何せ、利き腕の手首をケガしたんだ。大きく戦力を落とすことはなくとも、緻密だった剣術に誤差を生じさせるだろう。オレは、その間隙を狙えば良い。

目論み通り、程なくして剣士の動きが鈍った。

オレは順手で握っていた短剣へ、さらに魔力を込める。

盗賊狩りを始めた際より平然と行っていたが、この〝武器へ魔力を送る技術〟を【魔纏】という。【身体強化】の道具版みたいなもので、魔力を送り込んだ無機物の性能を向上させるんだ。

【身体強化】と類似しているということは、当然ながら同様のデメリット――魔力を流しすぎると対象が破損してしまう――が存在する。だから、一般的には普通の道具には使われず、魔力許容量の大きい魔鉄や魔鋼、ミスリルなどの素材を使用した武器に行使される術だ。それでも、効果量は二、三割上昇程度しかないけど。

オレの持つ短剣は鋼鉄製である。【魔纏】も、対象の構造を理解することでデメリットを解消できるんだ。

ただ、オレは鋼鉄に詳しいわけではないから、【身体強化】ほど無茶ができるわけではない。頑張って三倍くらいかな？　あと、一般的に【魔纏】が使われる魔鉄やミスリルなんかは実物さえ見たことがないため、現時点では逆に弱体化する。使いこなせれば強くなれるとは思うので、将来的な課題になるだろう。

そんなわけで、三倍強化の【魔纏】を初っ端から発動し続けているため、ただの短剣でスパスパと盗賊たちの首を斬り飛ばせていたんだ。血の一滴も付着していないのは、我ながらスゴイ斬れ味の向上具合だと思う。

――で、それほどの高威力を持つ短剣で、剣士に向かって何を企んでいるのかというと、

「――シッ」

ガラ空きになった剣士の胴体目がけて、オレは横薙ぎの一閃を放った。

闘気によって熱を孕んでいた空気が、冷や水を浴びせられたように静まり返る。

一秒、二秒、三秒と、誰もが硬直して動かなかった。おそらく、オレが放った気迫に、二人とも気圧されてしまったんだろう。

そして、四秒後。事態は動き出す。

「ごふっ」

剣士が吐血した。血を吐いたのは口からだけではない、腹からも大量の血液を流す。

それから、剣士はゆっくりと倒れた。腹から真っ二つになって、その身を地に伏した。

通常、短剣で人間を真っ二つにはできない。威力やリーチが足りないからだ。

だが、それを魔力が可能にした。【身体強化】と【魔纏】で威力を極限まで上げ、敵に刃が食い込む瞬間だけ、実体化させた魔力で刃を延長した。

実体化で消費する魔力が半端ではないため、何度も使える技ではない。だが、短剣の弱点を補いつつ敵の不意を打てる、優秀な必殺技だった。

敵を一人倒した。本来なら喜ばしいことだけど、オレに気を休める暇はなかった。

「ぐっ」

剣士が倒れた直後、オレは殴り飛ばされた。

【先読み】でとっさに受け身を取ったうえ、【身体強化】を切っていなかったお陰で大きなケガはないが、子どもの軽い体重のせいで盛大に吹き飛ばされる。反対側の壁に衝突し、ようやく空中浮遊が終わった。

「ごほっ、ごほ――ッ!?」

急な攻撃のせいで咳き込むが、呑気に息を整える時間はない。オレ目がけて、大斧の刃が振り下ろされる。

オレは痺れる体に鞭を打ち、転がって凶刃を回避する。

格上に勝利を収めた喜びからか、気を抜きすぎていた。敵はもう一人いたのに、完全に意識の外だった。

多数を相手取る戦いに慣れていない、なんて言いわけは許されない。言いわけをした結果死ぬのはオレ自身であり、妹のカロンだ。今の不意打ちだってパンチだから良かったものの、斧による攻撃だったら大ケガをしていた。現状は幸運に恵まれたにすぎない。

とはいえ、意識を逸(そ)らすと、【先読み】が通用しないことが分かったのは収穫だな。あまり頼りすぎないよう、気に留めておこう。

転がりながら息を整え、高い身体能力に任せて跳躍する。そのまま斧使いより距離を取りながら、短剣を構え直した。

「てめぇ。よくもウィンダルを殺しやがったな！」

斧使いが、血走った目で怒声を上げる。

どうやら、殺した剣士はウィンダルという名前だったらしい。……うん、どうでも良い情報だな。盗賊は盗賊だ。

奴の口上なんて無視して斬りかかりたいけど、それは難しい。剣士を殺したせいで、オレを子どもだと侮らなくなってしまった。ピリピリと警戒しており、本気のスイッチが入っている。

どうしたもんかね。【鑑定】ではレベル30くらいある。レベル差10は、無暗(むやみ)に突っ込んで勝てる力量差ではない。

斧使いと同じレベル帯の剣士に勝てたのは、油断していたことに加えて作戦が上手くハマったから。あと、洞窟内という閉ざされた環境が、魔法行使を躊躇(ちゅうちょ)させていたのも大きい。

つまり、斧使いに侮られていない現状で勝つには、新たな罠(わな)を仕掛ける他なかった。

といっても、もはや作戦も何もないんだよなぁ。隠密は無理だし、間合いを詰めたくても許してくれないだろうし、遠距離攻撃の手段は限られているし。

「はぁ、仕方ないか」

諦観の息を漏らす。

許容していた手札で、状況を打開するのは不可能だ。そうなってしまったのは自分の落ち度だけど、だからといって無茶をするわけにはいかない。オレには、カロンを守るという重大な責務が残っているんだから。

オレは、斧使いに向けて右手を掲げる。人差し指と親指を伸ばし、前世でいうピストルの形を作る。

それを見た敵は、いっそう警戒した態度を取るが、そんなことをしても無駄だった。

人差し指の先に魔力を集約させる。残りの魔力のほとんどを、指の第一関節程度の大きさに圧縮させていく。

訓練で何度も繰り返した動作ゆえに、集約はあっという間だった。敵に真意を悟らせる前――ものゼロコンマ一秒で魔力の圧縮は完了する。

危険な輝きを放つ指先を斧使いに定めたまま、オレは詠唱(コマンド)を口にした。

「【銃撃(ショット)】」

次の瞬間、指から一筋の光が走る。

光は一瞬で消え去り、そして斧使いは倒れた。頭には小さな穴が開いており、そこからダクダクと血が流れる。完全に息絶えていた。

前世の知識を持つ者なら、この光景を見てピンと来ただろう。オレが斧使いを射殺したと。

今のはオレが開発した無属性魔法、【銃撃（ショット）】だ。魔力を弾丸の形に圧縮し、指先から放つという単純な術。未熟な現段階でも音速に近い速度で撃てるため、光魔法を除けば、現存する中でも最速の魔法だ。

本当は、今回【銃撃（ショット）】を使うつもりはなかった。この術は開発途中で、燃費が悪すぎるんだ。というのも、魔力操作性に欠点があり、どれだけ魔力が残っていようと、一発撃つ度にほとんどを消費してしまう。現に、オレには【身体強化】を維持する程度の魔力しか残っていない。とうてい実戦に通用するものではなかった。

「オレもまだまだだな」

溜息（ためいき）を吐きながら、オレは【身体強化】に回していた残りの魔力をすべて使い、短剣の刃を伸ばした。瞬く間に切っ先は正面の壁に到達する。

すると、

「ガッ」

壁際に男が現れた。魔力刃に心臓を貫かれており、もう死んでいる。魔力刃は即座に消滅し、盗賊の男は地面に転がった。

死んでいる男は最後の盗賊。オレと剣士、斧使いの戦いを、隠密系の魔法を駆使して見張っていたんだ。

隙を見て、オレを殺す気だったんだろう。探知術や【鑑定】、【先読み】の前には無力だったけど。

「見事、盗賊を全滅させましたよ？」

先の発言を受けてか、背後で見守っていたシオンが口を開いた。

それに対し、オレは肩を竦める。

「魔力がもうスッカラカンなのに？　しかも、開発途上の【銃撃】を使うしかなかった。落第点だよ」

「ゼクスさまの理想が高すぎるのでは？」

シオンは呆れた風に言う。

彼女の言いたいことも理解できる。今のオレは五歳児。レベル30台が三人もいる盗賊を、単独で全滅させただけでも大金星だろう。

でも、オレが目指す領域には遥かに遠い。これからカロンに降りかかる脅威を排除するには、まだまだ力不足だった。

脳内で反省会を開きながら、シオンに指示を出す。

「オレはしばらく魔力回復に専念する。シオンは洞窟内の探索と賊の死体の処理を頼む。終わり次第、オレの警護に戻ってくれ」

「承りました」

シオンはオレの傍から消え去る。きっと、そう時間を置かずに帰ってくるはずだ。

その予想は正しく、約二十分で彼女は姿を現した。片手には、それなりに大きな荷袋をぶら下げている。盗賊の隠していた金目の類に違いない。

「どうだった？」

オレが探索の結果を尋ねると、シオンは淡々と説明を始める。

「事前に探知で把握していた通り、伏兵の類はおりませんでした。もちろん、さらわれた村娘等も。一方、彼らが貯め込んでいた盗難品は、食料や酒が大半でした。武器の在庫は少なく、あったとしても鋼鉄製がせいぜい。私は鑑定眼を持ち合わせておりませんので、おおざっぱな試算にはなりますが、一定の価格以上で売買できそうなものを押収しました」

「分かった。十分な成果だ、ご苦労さま。押収品は、今は保管しておこう。時機を見計らって売ろうと思う」

「承りました。押収品の管理はお任せください」

一礼するシオンを認め、オレは思案する。

押収品の取り扱いに関しては問題ない。賊に盗まれた物品は、討伐者に所有権が移譲されるのが一般的。我がフォラナーダ領でも同様だ。

即座に売り払わないのは、足がつくのを嫌ったため。現在のオレには、商売方面のコネがない。

もう少し人脈を広げてから処理したかった。

それにしても、誘拐された者が一人もいないのは幸運だった。オレたちが到着する以前に売られた者らに同情はするが、今回の襲撃を第三者に見られたくはなかったんだ。オレの実力が露見するのは、どうしても回避したいゆえに。

実力を隠すのには、明確な理由がある。というより、バレた場合のデメリットが大きすぎるんだ。

今のオレは『フォラナーダ伯爵の長子』という立場でしかない。次期伯爵にもっとも近い存在ではあるけど、オレたち兄妹の魔法適性を鑑みると、その立ち位置は確固たるものとは言い難い。

そんな不安定な状況で実力が露見してみろ。絶対に、権力者どもが群がってくる。ある者は体(てい)の良い傀儡(かいらい)にしようとして、ある者は邪魔者と断定し排除しようとして。都合は各々異なるだろうが、オレやカロンの害になることは間違いなかった。

ずっと実力を隠すつもりはない。いざという時に責任が取れるよう、そのうち表舞台には立つ。権力に抗(あらが)えるだけの力が手に入るまで——最低でも学園入学までには、その辺りの準備を整えるつもりだ。

というわけで、現時点でシオン以外に実力を知られるわけにはいかない。誘拐の被害者がこの場にいなかったのは、運の良いことだった。

まぁ、いた場合の想定も一応していたが、実行しなかったんだし、良しとしよう。

「じゃあ、しばらく待機だ。オレはまだ魔力を回復し切ってない。そうだな……あと十分くらいは待ってくれ」

魔力は、眠っている時が一番回復する。体を動かさず、精神がリラックスしている状態が、魔力回復に適しているためだった。

本来、国内でも随一の量を誇るオレの魔力が、三十分そこらで回復し切るのは不可能だ。こんな賊の潜伏していた洞窟なら余計に。

だのに、それを実現可能としているのは、精神魔法の効果だった。魔力回復を高速化する精神状態になるよう、調整しているんだ。

ご存じの通り、実体化させる無属性魔法はどうしても魔力消費が激しいので、魔力回復に関連したモノは気合を入れて研究した。敵襲を度外視して完全無防備になっても良いのなら、ものの一分で全回復できる自信がある。今は、そこまで気を抜くことはできないけど。

その後、魔力を回復したオレとシオンは、再び盗賊の根城にされないよう洞窟を崩落させてから、領城へ帰還した。

到着は明け方近くになってしまい、五歳児の体にはツライものはあったけど、脅威は排除できたので一安心だ。やるべきことは残っているものの、今この瞬間は肩の力を抜いても大丈夫だろう。

フォラナーダ領都の最端には、ほとんどの地元民が近寄ろうとしない区画が存在する。

建造物が密集しすぎているせいで幅狭の道がグネグネと入り組み、昼間でさえ薄暗く、ジメジメと不衛生な湿気が漂うエリア。過去に行われた都市開発失敗の産物。いわゆるスラムだった。

盗賊狩りより三日後。オレは、そのスラムへ足を運んでいた。

理由は至極単純。例のチンピラたちのような盗賊が町へ侵入し、カロンたちに牙を向く事態を防止するためだった。

盗賊をはじめとしたスネに傷持つ連中は、スラムなどの陰のある場所を好む。他人の目に触れにくい立地のお陰で、潜伏や悪巧みに持ってこいだからだ。ゆえに、ここへ注意を払うことは肝要だろう。スラム民の協力を得られれば、賊が動き出す前に処理できる。

無論、衛兵による警備の強化など、管理側としての対処も行うつもりだ。だが、そこで満足していては、大きな油断に繋がるかもしれない。カロンを再び危険な目に遭わせないためにも、念を入れた対策を講じたかった。

すべては、カロンの安全とオレの心の安寧を守るため――

「……だったんだけどなぁ」

オレは薄暗い路地を歩きながら、小さく溜息を吐く。

何故かって？　その原因は目前にあった。

「このような場所が、町にはあったのですね。あっ、あちらにヒトが倒れています。診察しなくてはッ」

路上で眠りこけている酔っ払いを病人と勘違いしたようで、カロンが酔っ払いの中年の下へ駆け出そうとしていた。それを、彼女に侍るシオンが慌てて止めている。

見てお分かりの通り、今回の訪問にはカロンが同行していた。どこに危険が潜んでいるか判然としない無法地帯に、である。正直、心臓がいくつあっても足りないくらい、ドキドキしっぱなしだった。

本当は、オレとシオンの二人で訪れる予定だったんだ。だのに、どこからか事情を聞きつけたカロンが、同行したいと申し出てきたんだよ。

最初は断ったさ、危ないからダメだってね。でも、彼女は聞き入れてくれなかった。『伯爵家の娘として、領民の生活を知っておきたいです！』と頑なだった。おそらく、先日の〝貴族の心得を学ぶ授業〟で、ノブレス・オブリージュの精神でも教わったんじゃないかな。

オレも、昔から『強きを挫き、弱きを助けよ』の精神を教えていたので、非常に拒絶しにくかった。カロンの提案を蹴ることは、我が身可愛さに弱者を見捨てるのと同義。彼女を良き令嬢へと育てたいコチラにとって、それは許容できなかった。教育内容の矛盾は、必ず将来の歪(ゆが)みに繋がってしまう。

結局、良い言いわけは思いつかず、こうしてカロンも一緒にスラムを訪れているわけだ。本末転倒だと笑ってくれ。

とはいえ、何の策も施さずに足を運んではいない。事前に、数日に渡ってスラムを調査しており、今もスラム全域に探知術を張り巡らせている。それによって、オレ以上の強者がいないことは把握できていた。また、不意打ちの可能性も探知術で潰しているし、カロンの傍にはシオンを配置している。億が一にも、最愛の妹が傷つけられる心配はなかった。

最大限の警戒を払い、スラムを奥へ奥へと進んでいく。住民たちの訝しげな視線が突き刺さるが、こちらへ接触してくる者は皆無だった。たぶん、オレやシオンの殺気に気後れしたんだろう。

小一時間ほどかけて、ようやく目的地へと辿り着いた。そこはスラムの最端、城壁がそびえる場所だ。

他区画とは異なり、壁は黒く汚れている。それに寄りかかって座する男がいた。齢(よわい)は七十くらいか。伸び放題の黒鉄色の髪と髭(ひげ)、今にも崩れ落ちそうなボロをまとい、片手には枯枝の如き杖(つえ)をついている老人。

彼こそ、オレの求めていた人材だった。名前をポーブルと言い、このスラムのまとめ役を担っている大物だ。死にかけの老いぼれに見えるけど、彼で間違いない。ここ数日の調査で、この情報が確実であると断定できている。

相手を警戒させない距離で立ち止まり、オレはポーブルへ語り掛けた。

「私はフォラナーダ領主の息子、ゼクス・レヴィト・ユ・サン・フォラナーダと言う。こちらの二人は妹のカロンとメイドのシオンだ。ポーブル殿にお話があって参じたのだが、お時間をいただけないだろうか？」

今回は交渉ゆえに、へりくだりすぎてはダメだが、相手へ一定の敬意を払って接する。まぁ、五歳児の言動ともあれば、不気味に思われるかもしれないけど。

こちらの声を受け、ポーブルは閉じていたマブタを開いた。髪と同じ、黒鉄色の瞳がオレ、カロン、シオンの順で巡り、最後はオレへと見定められた。

「ここはガキの遊び場じゃねぇぞ。さっさと帰りやがれ」

「なっ」

「落ち着け、シオン」

開口一番、貴族子息へ向けて良いとは言えないセリフが飛び出し、従者であるシオンが咎めようとする。だが、オレは彼女を制した。

シオンは不満そうな面持ちだけど、主人の意向には基本逆らえない。渋々ながらも、踏み出そうとした足を戻す。

それを見届けたオレは、改めてポーブルを見据えた。

うん、間違いない。

彼は言葉遣いこそ乱暴だけど、こちらを侮っているわけではない。むしろ、慮っている。精神魔法によって感情が読み取れるオレには、その辺りの機微がしっかり把握できた。

「私たちは遊びに来たわけではないよ、ポーブル殿。子どもが何を言っているんだと不快に感じるかもしれないが、あなたと交渉するために足を運んだんだ」

「交渉ぅ？」

こちらの発言を受け、ポーブルは盛大に眉をひそめる。彼の内心は、先程オレが語ったものと大差ないだろう。

予期していた反応ゆえに、気に留めず話を進める。

「最近、この領都に盗賊の下っ端連中が紛れ込んでいた。盗みや誘拐を目当てにね。元凶を叩き潰したんだが、再発する可能性は捨て切れない。領主の息子として、その危険性を見過ごすわけにはいかないいんだ」

「それが、ワシとどう関係あるんだ。まさか、手引きしたとでも？」

さらに眉間にシワを寄せるポーブル。感情を読むまでもなく、彼の怒りは明白だった。若干、敵意も漏れている。

対して、オレは変わらぬ態度で応じる。

「そうは言っていない。私は、あなたに協力を申し出るため、ここまで訪れたんだよ」

「協力ぅ？」

ポーブルの怒りはいくらか弱まり、うさんくさげな声を上げた。

然もありなん。貴族がスラム民に助力を求めるなんて、普通なら考えられないことだ。

オレは苦笑しながら続ける。

「ああいった連中がここへ潜伏するのは分かっているんだ。だから、そこを潰すんだよ。まとめ役であるポーブル殿の助力を得られれば、スラムの情報は手に取るように判明する」

ここまで説明したところ、ポーブルに理解の色が浮かんだ。

「なるほど。侵入者が何か仕出かす前に捕らえるのか。ワシなら、スラムすべての情報を集められるもんな」

「その通り。あなたの統率能力は称賛に値するものだ。本来なら徒党を組もうなんて考えない者たちを、たった一声で一致団結させられる。私が当主だったら、今すぐにでもスカウトしたいくらいだよ」

こう言っては何だが、スラムの住民は教養のない者が多い。学園への通学が義務化しているため、最低限の知識はあるんだろう。だが、ここに辿り着いてしまっている時点で、その能力はお察しだ。

そんな有象無象をまとめ上げるなんて、並大抵の統率力ではない。つまり、一見すると枯れ果てた爺さんのポーブルは、確かなカリスマを備えているんだ。

「褒めても何も出ねぇぞ」

そう憎まれ口を叩きつつも、ポーブルの感情には喜びが混じっていた。満更でもない様子。〝褒めてその気にさせる作戦〟は手応え十分だった。

何せ、彼は実力こそ十分なのに、身分やタイミングといった巡り合わせが最悪すぎて、スラムまで落ちた人間。ゆえに、能力を認められることが、何よりも嬉しいと感じるんだ。その辺りの身辺調査は、シオンが済ませてくれていた。

同じ調子で、オレはポーブルを称賛していく。実際に優秀なので、褒め言葉には全然困らなかった。

しかし、

「協力はできねぇ」

いくら煽（おだ）てようと、彼は首を縦には振らなかった。あと一歩の雰囲気は感じるんだけど、最後の一押しが困難を極めている。

彼を頑なにさせる要因は、いったい何だろうか。そろそろ、褒め続けるのにも無理が生じてきた。

「ほら、さっさと帰れ」

シッシッと手を振るポーブル。

そんな彼へ打つ手立てがなく、オレは僅かに唇を噛（か）む。

やはり、作戦一本は無謀だったか。本当は煽てる以外の手立ても講じたかった。たとえば、スラムの食料援助とか、生活しやすいように区画整備を行うとか。

だが、如何せん、今のオレには権力がない。今すぐ実行はできないし、将来的に叶えると伝えても信憑性がない。いらぬ不信感を与えるくらいなら、端から提案しない方が良いと判断したわけだ。いっそのこと諦めるか？　元々、彼に協力してもらうのは、念を入れての作戦だ。絶対に必要なわけではない。

心が諦めに傾き始めたオレ。

ところが、実際に踵を返す前に、事態は予想外の方向へ動いた。

「お爺さま」

今まで大人しくしていたカロンが、唐突に口を開いたんだ。しかも、ポーブルへ近づこうと一歩踏み出している。

慌てて止めようとしたオレとシオン。だが、その前にカロンがこちらへ振り向き、不格好なウィンクをした。まさか、任せろとでも言いたいのだろうか？

オレたちが困惑している間に、カロンはトテトテとポーブルへ駆け寄る。そして、その勢いのまま、彼女は深々と頭を下げた。

「お爺さま、お願いします。どうか、お兄さまに力をお貸しいただけませんか？」

揺れる金髪のせいで表情は見えない。しかし、その声音には精いっぱいの誠意が込められていた。心の底よりオレのことを想い、役に立ちたいと言う気持ちが伝わってきた。

カロンの熱意に感激し、オレは思わず涙を溢しそうになってしまう。寸前で堪えたけど、それくらい彼女の親愛が嬉しかったんだ。やはり、カロンは世界で最高の妹だと思う。

「……」

対し、言葉を向けられたポーブルは、突然の彼女の行動に戸惑いの表情を浮かべていた。

無理もない。五回り以上も年下の幼女が、いきなり頭を下げてきたんだ。しかも、貴族令嬢が。

封建社会の実情を嫌でも実感している彼からすれば、現状はあり得ないものだ。思考が停止しても当然である。

そういう風に、オレはポーブルの心情を察したけど、カロンは違った。彼の立場を正確に理解していない彼女は、その沈黙を拒絶と捉えてしまった模様。見る見るうちに、カロンの湛える感情が悲哀に染まっていく。耳を澄ませば「グスッ」とすすり泣く声まで聞こえてくる。

愛する妹が涙を流していて、黙っていられるオレではない。困惑で固まっていた体を動かし、超特急でカロンの隣へ並んだ。

「カロン、大丈夫か？」

背中を撫でるように片手を添え、彼女の様子を窺う。

——この時のオレは、カロンがこちらに抱き着いてくると、そう考えていた。精いっぱいの嘆願を袖にされ、四歳の女の子が踏ん張れるわけがないと決めつけていた。

しかし、カロンはその予想を裏切ってきた。

彼女はオレにすがるでもなく、下げていた頭を上げる。それから小さく呟いた。

「……ダメ、でしょうか？　お願いを聞いていただけませんか？」

涙を溢した目元は僅かに赤くなっており、瞳は今もなお潤んでいる。誰が見ても、心折れそうな少女の顔だった。

だのに、カロンは嘆願を続けた。健気に、かつ真っすぐな芯を持って、彼女は「お願いします」と口にする。

こんな幼気な幼女の姿を見て、

「「ぐはっ」」

オレとポーブルは、同時に胸を押さえた。

やばい。オレの妹、めちゃくちゃ可愛い。涙目&上目遣いは特攻すぎる。いや、彼女が泣いている状況は許せないんだけど、それとは別口で可愛い。今なら『カロンが世界で一番可愛いぞ！』と大声で叫べる気がする。本当に実行はしないけど。

たぶんポーブルも、オレほどとは言わないまでも、似た感想を抱いたに違いない。カロンを泣かせたことに罪悪感を覚えた彼は、胸の辺りに手を当てて苦しんでいた。

そのポーブルに、カロンは追撃をかける。

「あの……大丈夫ですか、お爺さま？　お胸が痛いのでしょうか？」

心配そうに首を傾げる彼女は、本当に可愛い。この世界にカメラがないのが、悔しくて堪らない。

まぁ、ポーブルも堪ったものではないだろう。袖にして泣かせた自分を、心から気にかけてくれているんだから。天使の如き慈悲を前に、彼の罪悪感が限界を迎えているのが分かる。

よりいっそう胸を強く押さえたポーブルは、数拍置いて溜息を吐いた。

「分かった。分かったから、もう泣くんじゃねぇ。お前らに協力してやる。これでいいだろ」

「えっ⁉」

「まさか、貴族のご令嬢がここまで下手に出るとは思わなかった。孫くらい歳の離れた娘に懇願されちゃ、意地なんて張ってられねぇよ。嬢ちゃんの誠実さに免じて、全面的に信じてやる」

降参だと項垂れる彼に、カロンは目を丸くする。

彼女視点だと、突然翻意したようにしか見えないもんな。驚くのも当然か。

「よ、よろしいのですか？」

「二言はねぇ。元々、そっちの坊主の提案は、治安向上とかを狙えて、コッチにも利がありそうだと思ってたしな。ただ、圧倒的に信用が足りなかった……いや、『貴族の言葉なんて信じられねぇ』って、勝手に意地を張ってただけの話さ」

「……」

唖然とするカロンを見て苦笑しながら、オレは彼女の頭を優しく撫でた。

「すごいよ、カロン。キミのお陰でポーブルの協力を得られた」

「よく分かりませんが……お兄さまのお役に立てたのなら良かったです！」

終始首を傾げていたカロンだったけど、最後は笑顔を見せてくれた。

余談だが、

「スラムのみなさん、ご協力ありがとうございます！」

「「「「カロンちゃんのためなら！」」」」

ポーブルがスラムの重役を集めるというので、オレとカロン、シオンの三人で顔出ししたんだ。そうしたら、そこでもカロンの可愛さは爆発した。重役全員がカロンの愛らしさと慈悲深さに心打たれ、快く協力してくれる運びになったのである。

あらゆるヒトの心を惹きつける姿は、まさに太陽だな。『陽光の聖女』の片鱗を感じさせる。

一致団結するスラムの面々を眺めてオレが満足げに頷いていると、隣のシオンが愕然と呟いた。

「異常事態ですね……」

「カロンなら当たり前だろう」

カロンは世界一可愛いんだから、この結果は当然の帰結だと思う。

しかし、シオンには理解できなかったようで、盛大に首を傾げていた。そのうち、キミも納得できる日が来るさ。

とまれ、外部より不審者が入り込む余地は潰せた。これで、安心してカロンを城下町へ送り出せる。一件落着だな。

## Section3　養子

聖王国の貴族には、法で定められた義務が存在する。自領を円滑に治めることや国家の危急に兵を出すこと、自領の人口調査など、その務めは多岐に渡る。

これらの義務を貴族たちが全うしているからこそ、聖王国は正しく機能していた。そして、大陸で一、二を争う大国として君臨できている。まさしく、ノブレス・オブリージュというやつだった。

そんな務めの中に、こういったモノが存在する。

〝貴族は、家督を相続してより十年以内に、男児を二子まで儲けなくてはならない〟

出産にまで国が口を出すのか？　と驚くかもしれないが、これも貴族社会の維持に必要な法律なんだ。『跡継ぎである長男と、万が一に備えた次男は生んでおけよ』、と国が喚起しているのである。

貴族は世襲相続が基本だからな。

国としては、一つや二つの家が潰れようと然して問題ない。無限とまでは言わないが、貴族は相応に存在するんだから。

だが逆に言えば、この法律の存在が、世襲制を維持することの難度を物語っていた。義務化しておかなければ、国家が揺らぐほどに貴族家が潰れてしまうんだ。

というのも、この世界の出産は危険性が高い。前世でも出産は危険を伴うものだったが、その比ではなかった。二十年前の統計では、貴族女性の死因トップ3にランクインするほどだったとか。

何故（なぜ）、そこまで危険かというと、魔力に原因がある。胎児の魔力は不安定で、常に母体へ負担をかける。そのせいで体力が低下していき、弱った状態で出産という打撃を受けるため、致死率が跳ね上がるらしい。

国も最優先で研究を進めたので、今では出産による死亡率も激減しているが、それでも母体にかかる負担は変わらない。出産直後は酷（ひど）く衰弱するし、病気の類にも罹患（りかん）しやすくなる。

ちなみに、平民は貴族ほど負担がないと聞く。無論、前世よりも負担はあるようだが。

この要因も、やはり魔力。平民は貴族よりも初期魔力量が少ないため、母体に与える負荷が少ないようだった。

そういうわけで、出産の義務化が必要になる。この法律がないと、第二子どころか跡継ぎを生まない家が続出しかねない。それほどまでに、貴族の妊娠は命がけだった。

ただ、何も一人で長男と次男を用意しろとは言わない。何せ、女児が生まれる確率もあるんだから、下手すると五、六人以上も生む事態になってしまう。

ゆえに、聖王国――いや、この大陸の大多数の国では、一夫多妻制が採用されている。前世では〝女性を蔑（ないがし）ろにしている！〟なんて声の上がりそうな制度だが、この世界では逆に女性を守るものだった。

まぁ、跡継ぎ云々（うんぬん）を考えなければ済む話だけど、それも難しい。

跡継ぎが男に限定されている理由でもあるが、魔力は基本的に遺伝する。火や水といった属性もそうだが、質というのか——いわゆる魔力の遺伝子のようなものも継承される。魔力自体が血統の証明になるんだ。

その魔力の質——魔質は、女性の後継者が続くと、そのうち消失してしまう。そういう事例が過去に何件もあったとか。そのため、貴族の跡継ぎは男が担う風習になった。

補足しておくと、フォラナーダ家は代々火の家系だ。オレは属性こそ無属性だけど、魔質はきちんと継承しているぞ。その辺りは専用の魔道具で確認済みだった。

いろいろ話したが、『この世界の出産は前世よりも危険で、それゆえに貴族は長男と次男の用意を義務づけられている』、この辺りを理解してくれれば良い。

さて、お気づきだろうか。フォラナーダ家には一男一女しかいないことに。

我が父が家督を継いだのは、オレが生まれる三年前。そう、貴族の義務を果たすには、もはや猶予が一年しか残っていなかった。だのに、母が妊娠したという話はまったく聞かない。

端的に言って、オレたちの危機だった。法律違反をすれば、お家の取り潰しはもちろん、最悪の場合は連座で流刑もあり得る。まったくもって、冗談ではない。

オレがこの事実を把握したのは三日前、六歳の誕生日のこと。

盗賊狩りをしてから一年。自分の権威のなさを痛感したオレは、いよいよ伯爵家の掌握に乗り出した。結果、フォラナーダ伯爵の人徳のなさもあり、中枢部の抱き込みに成功していた。表向きは伯爵の運営のままだが、実質はオレが継いだのと同じ状態になっている。

　実行しておいて何だが、我が父の無能さがやばい。家令を務める執事は二つ返事で乗ってくれたし、重役たちも、オレの実力を見せたらアッサリ鞍替えした。相当、日頃の仕事に不満を感じていたんだろう。だって、無能と揶揄される無属性の提案を簡単に受け入れるとか、よっぽどのことだと思う。これから自領の経営状況なんかに目を通すんだが、ちょっと怖くなってきた。

　――話を戻そう。

　中枢を掌握したことで、オレは後継者に関する問題に気づいたわけだ。

　何でギリギリまで事態を放っておいたのか。側近たち曰く、我が母であるフォラナーダ伯爵夫人が子を生むのを強く拒否したから、らしい。

　より詳細を聞いてみると、オレの出産時は全然負担がなく、調子に乗って妹もすぐ妊娠したんだとか。だが、その妹の時がメチャクチャつらかったらしい。身ごもって以来、ずっと悶え苦しんでいたようだ。その経験がトラウマになり、もう二度と子どもは生まないと拒絶している模様。なら、第二夫人やら愛妾やらに生ませれば良いと思うんだが――何と、父は母しか迎え入れていないという。

　生まれて六年、初めて聞く衝撃の事実だった。あのダメ人間たる父であれば、何人も女性を囲っていると考えていたんだが、現実は逆だったらしい。何でも、我が両親はラブラブで、他人の入り込む隙がないとのこと。

ああ、うん。貴族らしくないという点では、我が両親らしいと思う。全然笑えないけど。

しかし、困った。このままでは、原作が始まる前に、オレたち兄妹は路頭に迷ってしまう。

いや、オレとカロンは日々精進しているから、それなりに豊かな生活をできる自信はある。

問題は権力を失うことだ。光属性を有するカロンは必ず襲われる。それを権力なく守り通すのは難しい。カロンの身を守るためにも、今の地位を失うわけにはいかなかった。

ともすれば、何か打開案を出さなくてはいけない。

どうしたものかと懊悩するオレだったが、その懊悩に対する解答は、思いのほか早く提案された。

「養子を迎えるしかありませんね」

老齢の男、執事服をビシッと着こなした家令セワスチャンがそう告げた。その場に集っていた重役たちも揃って頷く。

オレは首を傾げた。

「養子を迎えても、義務は果たせるのか？」

法律関連は勉強中のため、どこまで許容されるのか知らなかった。魔質の継承を重視しているのに、血の繋がらない養子を迎えるという選択は許されるんだろうか？

「さすがに、長男を養子でまかなうことは許されませんが、予備である次男以降ならば可能です」

「もしも長男が継げなかった場合、血統を示す魔道具はどうする？」

家督を継ぐ際、国の管理する魔道具で血統の確認を行う。それを使い、詐欺や謀略等を防ぐんだ。

「特例で、登録された血統の上書きができます」

「なるほど……」

お家乗っ取りの危険を孕むが、そういう抜け道を用意しなくては、貴族社会の維持も難しいか。

本末転倒だけど、長い時間をかけて、本来の目的を損なってしまったんだろう。お役所仕事あるあるだった。

――うん？　お家乗っ取り？

一連の会話に、何か引っかかりを覚えた。既視感とでも言うべきか、どこか聞き覚えがあったんだ。

どこでだ？　生まれてこの方、家督関係の話をした記憶はない。特例に関しても、この場で初めて知ったくらいだ。となると、前世の記憶？　原作でお家乗っ取りイベントでもあったか？

転生してから六年も経つと、かなり記憶が薄れる。原作のイベント一つを思い出すのも時間を要してしまう。

今までは周囲の目を気にしていたが、中枢を掌握したことだし、そろそろ原作知識をメモに残した方が良さそうだ。でないと、絶対に全部忘れる。かろうじて覚えている、今がチャンスだろう。

「実は、最近になって養子を出す提案を受けまして。それを受け入れる方向で動いておりました」

オレが記憶の掘り起こしに四苦八苦していると、外務担当の重役ダニエルが口を開いた。

一旦思い出すのを止め、オレは続きを促す。

「詳細は、こちらの資料になります」

そう言って、彼は分厚い紙束を渡してくる。

その資料には、相手方の家の情報と養子に出される本人の情報が羅列されていた。

ただ、オレはそれら全てに目を通すことはなく、最初の一ページ目の——養子当人の名前を知って、ピタリと固まる。

「如何(いかが)なさいましたか?」

オレの異変に気がついたセワスチャンが、心配そうに尋ねてきた。

オレは一つ深呼吸をしてから、手を軽く振る。

「いや、何でもない。養子の件は予定通り進めてくれ」

追及したい雰囲気を出す重役らだったが、自分の立場を弁(わきま)えて、それ以上突っ込むことはしない。

そのまま、いくつかの議題を処理し、重役会議は幕を閉じる。

セワスチャンや重役たちは全員退室し、オレ一人だけが室内に残った。

オレは再び養子の資料を眺める。そして、そこにある名前を口内で転がした。

「オルカ・ファルガタ・ユ・ナン・ビャクダイ、か」

それは原作における攻略対象の一人。そして、専用ルートではフォラナーダ伯爵家を簒奪(さんだつ)する、ある意味では宿敵の名前だった。

オルカ・ファルガタ・ユ・ナン・ビャクダイ。ビャクダイ男爵家の末の子で、原作では聖女サイドの攻略対象だった。

彼の家系は獣人族――いわゆる獣耳と尻尾を有する種族で、この獣人は聖王国で複雑な立場にある。

聖王国は聖王家を頂点に置く立憲君主制でありつつも、宗教国家の特色が強い国である。つまり、宗教的な思考が根強く、その宗派によって派閥が分かれるんだ。

細かい分類はあるが、大枠の派閥は二つ。一神派と多神派だ。前者は、『主神は一人、その他の神は従属神にすぎない』といった考え方の宗派。後者はその逆で、『神は全員同じ地位にある』という考え。

この宗派の違いで何が生まれるかというと、人種差別である。一神派の示す主神とは人間の神で、

『他の種族の神より我ら人族の神の地位が上なんだから、人間は他の種族よりも偉い』と主張しているわけだ。

かなり強引な論法なんだけど、主張している当人たちは本気なんだよなぁ。平気で他種族を痛めつけるし、何なら奴隷以下の扱いもする。

ちなみに、聖王国では奴隷は合法だ。様々な法で守られているため、酷い扱いはできないはずなんだけど、獣人族やエルフはその限りではないんだよね。原作でも、それを悟らせるような描写が随所に存在した。

閑話休題。

現王家が多神派なので大っぴらに迫害はされていないが、一神派の勢力もそれなりに大きいせいで、獣人族の立場は安定していない。特に、獣人族の貴族は立ち振る舞いに気をつけないと、すぐに失脚してしまう。

――で、その立ち振る舞いに失敗したのが、オルカの実家であるビャクダイ男爵家なわけだ。

原作で語られるのは人伝(ひとづて)の話だけだったが、原作開始の八年前――現在より一年後に、聖王国内で内乱が起きる。一神派が獣人族の貴族の数家を糾弾し、武力行使に出るんだ。

その結果、争いに巻き込まれた獣人族の貴族家は潰れ、そのほとんどが奴隷に流される。事実上の死刑と言っても良い。

その難を、オルカはフォラナーダ家へ養子に出されることで逃れる。ビャクダイ家は事前に内戦の空気を察知し、末子だけでも逃がそうと画策したのである。

そう、現状は原作ゲームと同じ展開で進んでいる。たしか、能天気なフォラナーダ伯爵が、ペット感覚で引き取ったんだったか。

然もありなん。我が父は、派閥争いなんて眼中にない楽天家だからな。裏も取らずに養子を受け入れてしまうだろう。父の決断がなくとも、優秀な部下たちは提案を受ける気だったらしいが、後継者の問題を考えると仕方ない判断か。

まぁ、オルカが養子入りすること自体に異論はない。問題は、彼の将来にある。

もしも、聖女がオルカルートを選択した場合、我がフォラナーダ家は、彼に乗っ取られてしまうんだ。当然、本来の血統であるオレやカロンは断罪される。

といっても、正当な理由はある。

まず前提として、原作でのオレたち兄妹はクズだ。自分に甘く、他人に厳しい。きちんとした統治なんて行うはずがない。ゆえに、それだけでも当主の座を追われるには十分。

加えて、原作でのフォラナーダ兄妹には、養子に入ったオルカを虐め抜いていた過去が存在した。親元を離れて寂しい気持ちを抱えていた彼を、サンドバッグの如く苛烈に虐めた。そのせいで、オルカは引っ込み思案な性格になってしまう。

そんな彼を主人公が癒していき、恐怖の対象であるフォラナーダ家を克服して奪い取るというのが、オルカルートの全容となる。

うん、典型的な〝ざまぁ〟風味の逆転劇だ。

ともすれば、転生者のオレや今のカロンならイジメなんてするはずもなく、オルカがフォラナーダを乗っ取る未来もないと予想できる。

でも、絶対とは言い切れないんだよな。

虐められなかったオルカが、どのように成長するか分からないことが一点。もしかしたら野心家になり、虎視眈々とオレたちの命を狙うかもしれない。

何気ない行動を、オルカがイジメと捉えてしまう可能性が一点。これより先、オルカは親兄弟や家を失う。その影響でナイーブになった彼が、些細なことを重く受け止めてしまい、虐められたと感じてしまう可能性は拭えない。

原作と同じ展開を強制する力がこの世界にあるのか、未だに解明できていない。だからこそ、細心の注意を払いたかった。

万全を期すならオルカを遠ざけたいんだが――

「養子、受け入れるしかなさそうだな……」

残り一年で次男を作るのは不可能。養子縁組も、オルカ以外に話がない。もはや、彼を受け入れる他なかった。これが、強制力を証明する一つになりそうで怖い。

溜息を吐きつつ、オレはオルカを迎える決定を下した。

この決断がどのような未来を招くのかは分からないが……オレの育てたカロンと、原作で見たオルカの善性を信じよう。きっと、悪い結果にはならないはずだ。

オルカがフォラナーダに来るのは、予想以上に早かった。養子縁組を受けると手紙を出してから一週間で返事は来て、その一ヶ月後には彼本人が到着した。

それだけ、ビャクダイ男爵は危機を感じ取っているんだろう。内乱の起こる場所はフォラナーダから遠いが、警戒はしておこう。何か余波があるかもしれない。

そうして今、領城の応接間にて、オレたち兄妹とオルカの初の顔合わせが行われている。オレとカロンが並んで座り、対面にオルカが座っている。

オルカの容姿は、攻略対象に選ばれるだけあって、たいそう整っていた。男を形容する言葉としては不適切かもしれないが、〝愛らしい〟と表現するのが的確か。黄緑の瞳がクリクリしており、肌は初雪のように白い。赤茶のショートヘアはサラサラと揺れていて、狐(きつね)の耳と尻尾が生えているのも愛らしさを際立たせていた。

原作で見知っていたとはいえ、実物を目にすると衝撃を受けるな。

オルカは、攻略者の中でもカワイイ担当だった。いわゆるショタ系で、選択肢次第では女装し、スチルも獲得できる。それくらい可愛らしい見た目をしていた。

今は幼い時分のため、愛らしい容姿でも男だと通じる。

だが、オレは知っていた。彼は、この調子のまま成長していくことを。身長が多少伸びる程度で、美少女然とした容貌は変わらないと。

原作なら「所詮はゲーム」だと割り切れたものの、現実だと違和感が強烈だな。性癖が歪みそうで怖い。末恐ろしい限りだ。

「はじめまして。こ、このたび、フォラナーダ家の、ま、末席に加わることになりました、お、オルカ・ファルガタ・ユ・ナン・ビャクダイです。よ、よろしくおねがいしますっ」

オルカが、おっかなびっくりといった様子で名乗りを上げる。プルプルと震え、目に涙を浮かべる彼は、率直に言って保護欲をくすぐった。気を引き締めないと、いけない扉を開きそうになる。

すでに手続きは完了しているので、彼は『オルカ・ファルガタ・ユ・サン・フォラナーダ』と名乗るべきなんだけど、緊張しすぎのせいか気づいていなかった。他人の目もないし、今は目をつむろう。

おっと、いつまでも黙り込んでいたら、オルカが不審がってしまうな。手早く挨拶を済ませよう。

「はじめまして。オレはフォラナーダ伯爵の長子、ゼクス・レヴィト・ユ・サン・フォラナーダだ。今日から兄弟になるんだし、堅苦しい言葉遣いはしなくてもいいよ。オレも砕けた感じで話すからさ。これからよろしく、オルカ」

「よ、よろしくお願いします、ぜ、ゼクスさま」

カチコチに固まっていらっしゃる。こっちは、できるだけ柔らかい雰囲気を心がけているんだけど、簡単にその牙城は崩せないか。まだ幼いとはいえ、貴族である以上は、自分の置かれている状況を理解しているのかもしれない。実家の危機や養子の立場の弱さを。

オルカルートのことを考えると仲良くしておきたいんだが、長期戦を覚悟する必要がありそうだ。

オレが苦笑を溢(こぼ)していると、横のカロンも挨拶を始める。

「私(わたくし)はゼクスお兄さまの妹、カロライン・フラメール・ユ・サリ・フォラナーダです。よろしくお願いしますね、オルカ」

「は、はいぃ。よ、よろしくお願いします、カ、カロラインさま」

燦々(さんさん)と輝く黄金の髪をなびかせ、優雅に一礼するカロン。

あまりに神々しい姿に、オルカも呑(の)まれてしまったようだ。オレの時よりも緊張感をあらわにしている。

気持ちは分かる。我が妹は五歳とは思えないほどにキレイで、貫禄(かんろく)もあるからな。ロリコンでなくとも、目を奪われる空気をまとっている。

ただ、今日の彼女は硬い印象を受けた。いつもは、陽だまりのような柔らかさがあるんだが、今はやや強い陽射しにも似た感じ。

カロンも緊張している？　人見知りをする子ではなかったはずだけど……。

どこか釈然としないまま、本日の顔合わせは終了する。オルカは長旅で疲れているからと、早々に宛がわれた自室へ戻っていった。

オルカを見送ったオレたちは、まだ部屋に残っている。カロンは、未だ硬い態度を変えていなかった。

この後は恒例の魔法訓練をするんだが、その前に言葉を交わしておいた方が良さそうだ。

オレは意を決し、ソファから立ち上がるカロンへ声をかける。

「カロン、ちょっといいかい？」

「もちろんです。何でしょうか、お兄さま」

満面の笑みを浮かべる彼女だが、やはり硬い。

不機嫌とは少し違うな。怒っているとも違う。……すねている？

カロンの感情を読み解きながら、言葉を紡ぐ。

「何か嫌なことでもあったか？」

「いえ、別に。どうして、そのような質問をなさるのですか？」

「何となく、様子がおかしかったからな。オレはいつもカロンを見てるんだ、異変には気づくぞ」

「お兄さま……」

あっ、ちょっと機嫌が直った。今のオレのセリフが、相当嬉しかったらしい。兄冥利に尽きるね。

でも、今はすねている原因を知りたいんだ。

オレは重ねて問う。

「話してほしい。オレはカロンの役に立ちたいんだ。兄としてな」

真摯な態度が伝わったのか、カロンは「そうですね」と小さく息を吐いた。

「自分でもよく分かっていないのですが……あのオルカと姉弟になると聞いて、心がモヤモヤするのです」

「オルカが嫌いなのか?」

「そういうものではない、と思います。彼個人を嫌っているわけではない気がします」

「うーん」

オレは腕を組んで唸った。

漠然と、オルカと兄妹になることに対して、カロンが不満を抱いているのは理解できた。

ところが、何を不満に思っているのか、具体的な部分が分からない。それは、当人も判然としていないようだった。終始、歯切れの悪い語り口だったことが、その証左だろう。

カロンは頭を振って、力なく笑う。

「申しわけございません、心配をかけてしまって。貴族の義務は理解しているつもりなので、今回のことに文句はございません。お兄さまも、お気になさらないでください。私（わたくし）は、お兄さまが気に病まれてしまう方が心苦しいですから」

　先に訓練場へ行って参りますね、と言って、彼女は応接間から退室していった。

　一人残ったオレは溜息を吐く。

「前途多難だな、これは」

　オルカの養子入りは、想像していたより難しい道になりそうだ。

○●○●○

　オルカがフォラナーダ入りしてから一週間は、何事もなく過ぎ去っていった。いや、過ぎ去ってしまったと言い換えるべきか。

　外部よりヒトが入ってきたら、普通は何らかのアクシデントが発生してしかるべきである。だのに、些細な問題さえ出てこない。これは、明らかに異常事態だった。

原因はハッキリしている。オルカが消極的すぎるんだ。それはもう、ヘビに睨まれたカエルの如くガチガチに固まっており、誰かが声をかけるだけで小さく悲鳴を上げる。しかも、一日の大半を部屋にこもって過ごしているので、取りつく島もなかった。

フォラナーダに来た経緯が経緯なだけに、この一週間はオルカの自由にさせていた。だが、ここまで周囲を拒絶しているとなれば、方針を変える必要があるだろう。もっと、こちらから積極的に関わっていった方が良い。彼との仲は、オレとカロンの将来がかかっているんだから。

というわけで、庭園でのお茶会にオルカを招待した。参加者はオルカの他にオレとカロンの兄妹、お茶汲み役のシオンだ。

お日さまの照る華やかな庭園で美味しいお茶を飲み、お菓子を食べれば、きっと仲も深まるはず。ドジッ娘のシオンだけど、お茶入れ自体は抜群に上手い。転ぶ際に注意を払えば大丈夫だ。

さて、意気揚々とお茶会を開いたわけなんだが――

「「…………」」

絶賛、沈黙が支配中である。

カロンは無表情でお茶をするだけ。オルカはいつも通りカチコチに固まっていた。その二人の様子を、オレとシオンがハラハラしながら見守っている。この状態が、かれこれ十分は続いていた。

オルカは理解できる。この家に来てからと変わらない態度だ。

しかし、カロンの方は解せない。お茶会に誘った時は嬉々としていたのに、こうして一堂に会した瞬間から、仏頂面に変貌してしまった。

「ゼクスさま、何かアクションを起こすべきでは?」

痛い沈黙に耐えかねたのか、シオンがオレの耳元に口を寄せて囁く。

やっぱり、それしか方法はないよなぁ。二人が自主的に行動しない以上、オレが何とかして仲を取り持つしかない。

現状を考えると無茶振りすぎるが、これはオレたち兄妹の未来にも関わってくること。一肌脱ぐしかなかった。

「二人とも。今日のお茶会は、オレたち兄妹の親睦を深めるためのものだ。もう少し肩の力を抜いてくれないか?」

こぼれそうになる溜息をグッと堪えて、オレは声を発した。オルカを怯えさせないため、言葉の中にトゲを含まないように気をつける。

すると、ブスッと不機嫌そうに茶をすすっていたカロンが、カップをソーサーに置いてオレを見る。

「お兄さま」

「な、何かな?」

いつになく威圧的な彼女に気後れしつつも、オレは見つめ返す。

対し、カロンは溜息混じりに続けた。

「私（わたくし）、今回のお茶会が親睦会だとは、一言も耳にしていなかったのですが？」

「え、そうだったか？」

「はい。お茶会をする旨しか聞いておりません。ですから、てっきり私たち兄妹だけかと思い込んでおりました」

「あー……それはすまなかった」

言われてみれば、参加するメンバーについて伝え忘れていたかもしれない。

ブラコンのカロンのこと。二人っきりではないと知った時は、さぞ落胆したに違いない。これはオレの落ち度だった。

ただ、今のセリフには、幾分か含むところがあったように思える。特に後半の部分。

何となくだが、カロンがオルカを敵視している理由が分かった。前世の仕事場（保育園）で、似たような光景を目の当たりにした経験がある。

たぶん、嫉妬しているんだ。

弟妹が生まれた際、小さな子どもには二つの反応が見られる。自分が世話を焼く側に回ったことを誇りに考え喜ぶ、もしくは一身に受けていた親からの愛情が分散することを妬む。

カロンの場合は後者だったんだろう。あと、兄妹という二人だけの特別な絆（きずな）の中に、異物が入り込んでくるのが我慢ならない。そういった感情も加味されている風に見える。

オレは頭を抱えたくなった。

こういう心の問題に、決まった解決方法は存在しない。ふとした拍子に改善する時もあるし、第三者の仲介で何とかなる場合もある。または、時間が解決するなんてこともある。

最悪なのは、ずっと険悪なままになるパターンだ。

これも割とあり得るんだよなぁ、幼少期のニガテ意識が大人になっても続くって。この状況に陥ってしまうと関係改善の難度が増すので、できるだけ早期決着を図りたいところだ。

まぁ、そう考えると、オレの方針はそこまで間違っていない。

カロンは人見知りでもなければ、嫉妬で他人を傷つける子でもない。それは城下町のダンたちとの交流で証明されている。今回は、愛してやまない兄との絆が根幹にあるから、暴走してしまっているだけ。

であれば、オルカのことを知っていけば、多少は態度も柔らかくなるだろう。仲良しこよしまでは望まない。せめて、引っかかりなく会話を交わせる程度にはなってほしかった。

とりあえず、このお茶会では、お互いのプロフィールを教え合うところから始めるべきだな。徐々に段階を踏んで、仲良くなっていこう。

オレはそう決心し、早速二人へ話題を振っていく。

「せっかく集まったんだ、お互いのことを知っていこうじゃないか。これから、兄妹として支え合うんだし」

「私(わたくし)は、お兄さまとだけ支え合えれば、よろしいのですが」

「ひぃ」

「そう言うなよ、カロン。オルカだって色々苦労してるんだから。オルカもそう怯えないでくれ。妹は、本当は優しい子なんだ」

カロンはオルカへ鋭い視線を向け、彼は怯えて縮こまる。そんな二人をオレが取り持つ。

軽い頭痛を覚えるが、オレやカロンの未来のため。頑張るんだ、オレ。

結局、お茶会は険悪な雰囲気のまま終わりを告げる。カロンとオルカの仲を取り持つのは、骨が折れそうだった。

○●○●○

夕暮れの山林。領城の裏手にある山の中。動植物の溢(あふ)れるそこで、オレは狩りをしていた。落ちた影に紛れて疾駆し、両手に持った短剣を振るって獲物を次々と屠(ほふ)っていく。

どれも小さな体格のモノばかりだが、紛れもない魔獣だった。

魔獣とは、動物が大気中の魔素を蓄積させ、より凶暴に進化した存在を指す。体内に魔石というコアを有し、個体によっては固有の魔法を扱う。そして、例外なく人類——人族や獣人族、エルフなど——に敵対的だ。

魔獣は動物を狩るよりも難度が高く、最低でもレベル15以上は必要だろう。討伐の難しい一般人に被害をもたらさないため、騎士や冒険者が間引きするのが基本だった。

だから、よほどの事態でもない限り、町中や大通りでは姿を見せない。狩りをするなら、こうして山や森に足を運ぶしかなかった。

——で、オレが何故狩りをしているのかというと、レベル上げと実戦経験を積むためである。

後者は言わずもがな。野生の魔獣を相手にすることで、普段の訓練では得られない戦の勘を身につけている。山林というフィールドも、体幹を鍛えるのに最適だった。

前者は言い方こそゲーム的だが、効果を実感している。

レベルという概念は、オレの原作知識を基準に作った強さの指標であり、実在するものではない。だが、魔獣を倒すと能力が向上するという理屈は、世間一般に知られるものだった。訓練よりも手軽に強くなれるので、学園のカリキュラムに魔獣狩りが組まれているくらいである。

公になっている学説では、魔獣の余剰魔力を取り込んで進化している云々と説かれていたか。原作でも明文化されていなかったし、その辺の詳細は知らない。

とまれ、魔獣を倒せば強くなれるのは事実。これを行わない選択はなかった。

まぁ、手軽とはいっても、魔獣を倒せるのはレベル15を超えた程度からなので、一般人には無理な話だけど。

初めて狩りをしたのは二年前。魔法の訓練に一定の成果が出た辺りから。お陰で、オレのレベルも今や35、ようやく戦闘職の平均に到達した。

ほぼ毎日狩りをしてこの程度なのは、山に小型の魔獣しかいないため。小型は経験値が少ないいんだよ。

ちなみに、魔力量は近隣国でも最多――レベル90相当――に届いている。原作知識と地位を活かした特殊な手段を講じたお陰だった。無属性魔法を使うと瞬く間に溶けていくので、まだまだ足りないくらいだが。

閑話休題。

いつも一時間ほどで切り上げる狩りを、今日ばかりは三時間も続けていた。

理由は明確、ストレス発散だ。

例のお茶会から一週間。カロンとオルカの仲を深めようと、あらゆる策を講じた。――が、結果は惨敗。オレの頭を痛くする以外、何の成果も得られなかった。むしろ、オレがオルカばかりを構っていると勘違いし、カロンが不機嫌になる一方である。

オルカもオルカで、まったく心を開こうとしない。オレが頼めば部屋を出てくれるが、声をかけないと、食事や入浴の他は部屋にこもりっぱなし。まるで前進がない。

見通しが甘かった。カロンは想像以上にブラコンだったし、オルカの拒絶具合も想定より強かった。正直、これほど苦戦するとは考えていなかった。

前世の経験があるとはいえ、所詮は保育士。こういう問題に強いのは、やはり育児経験のある親なんだろう。

残念ながら、オレは子どもどころか結婚の経験もない。恋人くらいはいたが——それは何の役にも立たない。

「はぁ、本当にどうしたものか」

手慰みに短剣を回しながら、もう片方の短剣で目前の魔獣を斬り殺す。血飛沫（ちしぶき）は、こちらへ降りかかる瞬間に魔力を実体化させ、一滴も通さない。

考え得る交流企画はやり尽くした。となると、もっと別のアプローチを試すべきだ。でも、その〝別のアプローチ〟が思いつかないんだよなぁ。

探知術によると、もはや周囲に魔獣一匹さえもいない。まだ遠くには存在するが、これ以上狩ると全滅させてしまう。それはレベル上げに非効率だった。

「今日はここまでか」

欲を言えば、あと五十体ほどは狩っておきたかったんだけど、潔く諦めよう。

オレは溜息を吐き、短剣を虚空にしまう。

これはオレの開発した【位相隠し（カバーテクスチャ）】という無属性魔法だ。

実体化させた魔力で対象を包み、その魔力を非実体に戻す。すると、包んだ対象も非実体化してしまうんだ。再び魔力を実体化させると、対象も元に戻る。

隠密(おんみつ)なんかにも使えるけど、オレは主に荷物の収納に使っている。

【位相隠し(カバーテクスチャ)】は、魔力の実験中に発見した偶然の産物なんだけど、気づいた時は驚いたものだ。何せ、この世界には空間魔法なんて代物はなく、当然ながらアイテムバッグみたいな便利道具は存在しない。これが知られれば、世間がひっくり返るだろう魔法だった。

どうして、誰もこの事実を把握していないのか。理由の見当はつく。

まず、無属性でないと発現が難しい。その辺りはカロンとシオンで実証済み。カロンの場合は対象が燃えてしまい、シオンは水浸しになってしまった。たぶん、魔力で包む工程のせいで、適性魔力の影響を強く受けてしまうんだと思う。

次に、対象を出し入れする度に、魔力を実体化させる必要があること。シオンは一回の出し入れで、カロンは三回で魔力が枯渇した。オレでも二桁はギリギリ無理。それほどの魔力を用意できる人間がいるはずない。

概要を把握している研究者はいるかもしれないが、前述した二点のせいで実証できていない可能性が高かった。

というわけで、この【位相隠し(カバーテクスチャ)】もオレのマル秘技術の一つ。中には日常生活で使わないものしか入れていない。武器の類とか、将来の資金用の魔石とかだな。

オレが下山を始めると、何者かの接近する気配を感じた。その人物に心当たりがあったので、気に留めず放置する。

「ゼクスさま、少しよろしいでしょうか？」

近づいてきた人物――シオンが声をかけてきた。

予想通りだったので、特に反応を示すことなく視線だけ向ける。

オレの直属である彼女は、狩りの際にいつも見張り役を担ってくれている。だから、終了と同時に傍へ寄ってくるのもいつも通り。しかし、わざわざ尋ねてくるのは珍しかった。

オレは首を傾げる。

「どうした？」

「……今日はずいぶんと荒れていらっしゃいましたので」

かなり言葉を選んだ様子で発言するシオン。

それを受け、オレは「ああ」と納得の声を漏らした。

彼女なりに心配してくれているんだろう。普段の三倍も狩りをしていたし、戦い方も荒かった自覚はある。

とはいえ、心配されるほどのことはない。ただの憂さ晴らしにすぎなかった。純粋に気遣われると、罪悪感が湧いてしまう。

オレは苦笑を溢しつつ、シオンへ言葉を返した。

「ちょっと悩みごとがあっただけさ。心配かけてすまないな」

「悩みとは……カロラインさまとオルカさまのことでしょうか？」

ためらいを見せながらも、シオンは問うてきた。

まぁ、オレの傍についている彼女なら分かって当然か。いや、あの二人の微妙な関係は、領城の皆が把握しているところ。シオンでなくとも気づいたかもしれないな。

「その通り。どうやって仲を取り持とうか懊悩してる。……何かいい案はないか？」

オレは彼女の言葉を認めつつ、問い返した。

部下に訊く内容でないことは理解している。これは身内の問題であり、貴族がその弱みをさらすのは危うい選択だ。特に、シオンは部下と言っても脅迫している相手。相談相手としては致命的に間違っているだろう。

それでも、シオンに尋ねるべきだと考えた。シオンは裏切らないと、勘が囁いた気がしたから。

我ながら大胆な決断をしたけど、ハズレではなかったらしい。目前の彼女は、真剣な様子で思考を巡らせている。オレの悩みを、真正面より受け止めてくれていた。

思えば、一年前の盗賊狩りの時もそうだった。戦闘後、魔力がスッカラカンだった状態にもかかわらず、シオンはオレを始末しようとしなかった。あのタイミングで手を下せば、エルフの情報源を潰した上で実行犯を盗賊に押しつけられたのに。

脅迫されているとは思えないほど、彼女はオレの命令を真面目にこなしてくれている。オレを害そうなんて気配を感じさせない。

シオンの真意は判然としないが、近いうちに、接し方を改めた方が良いのかもしれない。彼女の誠意に応えるためにも。

しばらくして、シオンが口を開く。

「接触機会を増やしてもダメなら、まずは個別に面談してはどうでしょう?」

「個別に?」

「はい。オルカさまは当然ですが、彼がフォラナーダにいらっしゃって以来、カロンさまとも一対一で接していないのではありませんか?」

「そういえば……」

シオンに指摘されてハッとする。

彼女の言う通り、オルカが来てからカロンと二人だけで話した記憶がない。彼女が不機嫌なのも理由だが、オルカとの仲を取り持つことに意識が向きすぎていたのが原因だった。

シオンは続ける。

「ですから、まずは二人きりの時間を作ることをお勧めします。そうすることで、本音をお聞きになれるかもしれません」

「そうだな。ありがとう、参考になった」

「滅相もございません」

目から鱗（うろこ）とは、このことだった。やはり、シオンを頼ったのは正解だったな。

思い立ったが吉日だ。早速、カロンと二人きりで話せる時間を作ろう。色々文句は言われるだろうけど、それも兄妹というものだと思う。

一筋の光明を見出（みいだ）したオレは、軽い足取りで領城へと帰った。


夕餉（ゆうげ）後のオレの自室。寝起きにしか使わない部屋なので、ベッドや机、本棚くらいしか物は置かれていないんだが、今ばかりはお茶用のテーブルと椅子が用意されていた。

些（いささ）か派手すぎるテーブルなので、シンプルな内装とミスマッチ。かなり浮いていた。

そんな違和感のすごいテーブルにつくのはオレとカロン。本来はメイドも一人くらい控えているものだが、今回だけは部屋の外で待機してもらっていた。
一、二回ほどお茶に口をつけたところで、オレは魔力で自室を覆う。魔力消費は激しいが、こうすると外部へ情報が漏れるのを遮断できるんだ。お陰で、完全に妹と二人きりの空間を作り出せた。
カロンには魔力の視認方法を教えているので、オレが結界を張ったのは把握しただろう。彼女は目を見開いた。その後、キョロキョロと周囲を見渡している。おそらくは【熱源感知（サーモグラフィ）】辺りの魔法を使って、室内に誰かが潜んでいないか探しているんだと思う。

しばらくして、カロンはおずおずと尋ねてきた。

「本日は……オルカは、一緒ではないのですか？」

「一緒じゃないよ。今日は、オレとカロンだけだ」

想定していた質問だったため、即答で返す。

やはりカロンは、オルカが現れるのを警戒していたらしい。そんな固着観念に囚われるほど、彼女との時間を作れていなかったようだ。妹を守ると誓っておいて、この体たらく。自分が情けなくなる。

「まず謝る。ここ最近、カロンと一緒に過ごす時間を作れなくて申しわけなかった」

オレは頭を下げた。これだけで済ませるつもりはないが、誠意を見せるのは大事だ。

すると、どこか意気消沈していたカロンは、途端に慌てた様子へ変わった。

「あ、頭を上げてください、お兄さま。お兄さまが謝罪する必要はございません。全部、私が悪いんです。私が変に意地を張ってしまったのが悪いんです」

まぁ、カロンなら否定するだろうな。この展開は予測できていた。

だからと言って、「はいそうですか」と認めるわけではない。オレは首を横に振る。

「いいや、悪いのはオレの方だよ。一つの目的に囚われすぎて、カロンの気持ちを蔑ろにしてた。最愛の妹が寂しい思いをしてたのに、それを気に留めてなかった。これじゃ、兄失格と言われても仕方ない」

「お兄さまは失格ではありません。れっきとした私のお兄さまです！」

強い否定の言葉がカロンから発せられる。それだけ彼女に想われていることを嬉しく感じる反面、その想いを裏切るような行動を取ってしまったことが、とても不甲斐なかった。

「そう言ってくれるのは嬉しい。でも、やっぱり謝らせてくれ。すまなかった」

「わ、分かりました。謝罪は受け取りますので、もう頭を上げてください！　私は、いつものお兄さまの方が好きです」

「ありがとう、カロン」

再び謝るオレに、カロンは両手をワタワタ振りながら告げた。

一応、これで形だけは丸く収まった感じかな。事態の解決には、まだ一歩踏み込まなくてはいけないけど。

一拍置いてから、オレは話を進める。

「謝って早々で悪いんだけど、カロンの気持ちを教えてくれないか？　キミが何を不満に思ってたのか、どうしたいのかを色々知りたいんだ。虫のいい話かもしれないけど、どうか頼む」

カロンの目を真っすぐ見つめた。

彼女もこちらをジッと見ており、揺れる紅の――炎のような瞳にオレの顔が映っている。

幾許かして。見つめ合うことに照れたのか、頬を朱色に染めて若干目を逸らしたカロンは、そっと息を吐いた。

「虫の良いなんてことはありません。何度も申し上げていますが、今回は私が意地を張ってしまったのが原因です。ただ……それでも、私のワガママを口にしても良いのでしたら、今からお話しいたします」

「ぜひ頼む」

「……分かりました」

やや躊躇いを見せながらも、カロンは語りだした。

「正直言えば、自分でも、この気持ちを言葉で表すのは難しいです。ゴチャゴチャしていて、モヤモヤして……。とにかく、不快なのは確かでした」

胸元に手を当て、考え込むように眉をひそめるカロン。

「無理やり言い表すなら、嫉妬なのかもしれません」

「それは、オルカがフォラナーダ家に入ることへ、か？」

オレが相槌の代わりに問いかけると、彼女は首を傾いだ。

「どうなのでしょうか？　微妙に違うような気もします。彼が我が家の一員になることは、特段文句はありません。お兄さまやお父さまの部下の方々がお決めになったことですから」

そうだったのか。てっきり、部外者だったオルカが身内になるのを嫌がっていると考えていた。

表情に焦りはないし、声も平坦、言葉遣いもハッキリしている。抱える感情にも波はない。今の発言に嘘はないんだろう。

となると、カロンはオルカのどこに嫉妬しているのか。

その疑問は、次の彼女のセリフで解消される。

「ただ……」

カロンは躊躇いがちに一旦口を止め、オレの様子をチラリと窺ってから、話を再開した。

「お兄さまのお気持ちが彼に向くのだけは嫌でした。彼のことばかり心配するのが、とてもとても不快でした。そのうち、私のお兄さまが彼のモノになってしまうのではないかと、不安で不安で仕方ありませんでした。そういった気持ちが混ざって、オルカに理不尽な怒りを覚えてしまったのだと思います」

あくまで冷静に語るカロンだったが、言葉の節々に不安定な感情が見え隠れしていた。

なるほど。結局は、オレの立ち回りが悪かったということか。もっと、しっかりカロンを確認していれば、今回の事態は回避できたはず。

オルカを爪弾きにしないよう根回ししすぎて、本末転倒に陥っていた。目的と手段が逆転してしまっていたんだ。

……何やってんだか。

自分の失態に、呆れてものが言えない。オレの最優先はカロンであって、その他は些事にすぎないというのに。

オレは心のうちで溜息を吐きながら、席から立ち上がった。

カロンは不思議そうにこちらを見ているが、構わず動き出す。カロンの目の前に移動して、それから彼女を優しく抱き締めた。

「えっ、お兄さま!?」

吃驚の声が聞こえてくるけど、抱擁を拒絶する仕草はない。むしろ、向こうも背中に腕を回してきている。オレよりも力強く。

「そんな心配をさせて、すまなかった」

オレは彼女の耳元で囁く。

対し、カロンもオレの耳元で囁き返す。

「もう謝らないでください」

「そういうわけにはいかない。オレのせいで、カロンに無用な心配をさせてしまったんだ」

「それでも、です。お兄さまに頭を下げられると、私が落ち着かなくなってしまいます」

「むぅ。それなら、これ以上は止しておこう」

「はい、よろしくお願いします」

オレが唇を尖らせ、カロンがたしなめる。いつもとは逆転した立場に、オレたちは揃って笑声を溢した。コロコロと軽やかな妹の声が耳に伝わり、穏やかな気持ちになる。

「オレの中の一番はカロンだ。これから先、貴族として、人として、色々なシガラミが増えるだろうけど、それだけは絶対に揺るがない。覚えておいてくれ」

今回の件もそうだったが、いつまでもカロンばかり見てはいられない。人間として、周囲の者たちと関わらなくてはいけないし、貴族の関係も大事にしなくてはならない。

「必ず、カロンは再び嫉妬する時が来る。それでも覚えていてほしいんだ。オレが一番大事にしているのは、唯一の妹であるカロンだと」

「分かりました、お兄さま」

オレの真剣な声を聞き、カロンは粛々と頷いてくれる。

それから、いたずらっぽく笑った。

「もし、私（わたくし）がまたヤキモチを妬（や）いた際は、こうして抱き締めてくださいね」

やはり、我が妹の笑顔が世界最強ではないだろうか。

○●○●○

カロンと話し合った翌日。朝と昼の中間くらいの時間帯に、オレはもう一方の問題を片づけることにした。

　昨晩使ったままのテーブルに、今日はオレとオルカの二人が座っている。

　対面のオルカは、相も変わらずガチガチだった。体は硬直しているし、耳と尻尾もピンと伸び切っている。完全に警戒態勢だ。

　こちらから歩み寄ろうにも、ここまで態度が頑なだと難しいんだよなぁ。まずは、どうにかして彼の緊張を解さないといけない。

「オルカ、このお茶はリラックス効果のあるものなんだ。嫌じゃなければ、飲んでみてくれ」

「わ、分かりました」

　今にも消え入りそうな声で、オルカは首肯する。それから、ゆっくりとお茶を嚥下していった。

　思ったよりも口に合ったのか、彼は僅かに驚いた様子を見せると、コクコクとお茶をすすっていく。瞬く間にカップの中身は空になり、ふぅと息を吐いてソーサーの上に置いた。

　所感ではあるが、オルカの緊張は解けているように思える。お茶の力は偉大だった。

「気に入ってもらえたかな？」

「ッ！　は、はい！」

　うーん、まだダメか。オレが声をかけた途端に硬直してしまった。もっと時間をかけていかないと無理そうだ。

　オレは苦笑いをしつつ、テーブルにあるポットを使ってオルカのお茶を注ぎ足す。

それを見たオルカは、慌てた風に腰を浮かせた。

「ほら。気に入ったなら、もっと飲んでいいぞ。まだまだあるからな」

「ぜ、ゼクスさまがお茶汲みなんてする必要ないですよ!? ぼ、ボクが自分で入れますから!」

「いいの、いいの。これくらい、いつもやってるし」

普段はシオンに任せることが多いけど、カロンとのお茶会では毎回お互いのお茶を注いでいる。何なら、不定期で開く使用人たちとの親睦会でもやっている。無論、外部へ漏らさない前提の催しだけど。

そもそも前提として、

「このお茶をブレンドして用意したのだって、オレだぞ?」

前世での趣味の一つだったんだ。それこそ、お茶関連の資格を複数持っていた。この世界でも似たような品種はあるので、色々ブレンドを試している。今回のお茶は、そのうちの一つだった。

オレの発言にかなり驚愕（きょうがく）したみたいで、オルカは目玉がこぼれ落ちそうなくらい瞠目（どうもく）する。

まぁ、似合っていない自覚はあるけど、驚きすぎではないだろうか。

「そんなに驚くことか?」

オレがそう問うと、オルカは「あっ」と声を漏らし、勢い良く頭を下げた。

「も、申しわけございません。け、決して、ゼクスさまのご趣味をけなしたわけじゃ――」

「せ、責めてるわけじゃないから、頭を上げてくれ。謝る必要はないよ。純粋に疑問だっただけだ」

あまりにも過剰な反応に、さしものオレも慌てた。ペコペコ頭を上下させる彼に近づいて宥めるめる。

明らかに、オレのことを恐れているんだよな。フォラナーダへ来る前に、いったい何を吹き込まれたんだか。

若干の呆れを滲ませながらも、頃合いを見計らって、再度質問を投じた。

「もう一度訊くけど、お茶のブレンドが趣味って変か？」

「そ、そういうわけじゃありませんが……」

少し涙目で縮こまる姿は、男とは思えないほど愛らしい。怖がられている結果なので、まったく嬉しくないけど。

オレは肩を竦める。

「最初から言ってるけど、あんまり堅苦しくしないでくれ。時と場合は選んでほしいが、普段はもっと遠慮しないでほしいんだ」

優しく諭すように話しかけると、ようやくオレの本音だとオルカは理解してくれたみたいだ。一呼吸置いてから、口を動かし始める。

「ぼ、ボクのイメージしてた上位貴族の子息とは違ったので、驚いたんです」

上位貴族とは、伯爵以上の爵位を指す。オルカの前の家は男爵だったため、下位貴族だ。

「イメージって？」

「えっと……」

「何を言っても怒らないよ。何なら、神に誓ってもいい」

「えぇぇ」

　宗教国家である聖王国において、神への誓いは不可侵。おいそれと破れるものではなく、貴族が反故にした場合は極刑になる。

　そんなオレの重い発言に、オルカは怯えつつも言葉を続けた。

「えと、その……じ、上位貴族はいつも偉ぶってて、た、他人をオモチャにして遊んだり、み、身分が下の者をイジメて喜ぶ。そ、そんなイメージがあります……」

「あー」

　オレは遠い目をした。そういう所業をする上位貴族の子息に、心当たりがあったんだ。

　もちろん、原作でのフォラナーダ兄妹である。平民を道具のように扱い、自分より爵位が下の貴族連中も平気でいたぶる。他人の不幸は蜜の味で、誰かの幸せを見た日には、それを潰さんと裏で画策する。彼らは、そういった外道の輩だった。

　それに、オルカの上位貴族像は、あながち間違いではない。全員が全員ではないけど、身分に胡座をかいて堕落している連中は存在する。たとえば、オルカの実家——ビャクダイ男爵をおとしめる貴族たちとか、な。

　しかし、色々と得心できた。

おそらく、オルカはビャクダイ男爵領にいた頃より、敵対派閥の子息連中から嫌がらせを受けていたんだろう。加えて、親にも養子入りの裏事情を聞かされている節がある。

上位貴族の醜い部分を知り尽くしていれば、同じ上位貴族の子女であるオレたちに心を閉ざして当然だった。

とはいえ、オルカの今までの態度を容認するわけにはいかない。

無論、諸悪の根源は、他者を嗤う貴族どもだ。

だが、悪い前例に遭遇したからといって、他も同様だと決めつけるのも、よろしくない。貴族としても、嫌いな相手とも笑顔で握手できるくらいではないと話にならない。

六歳児に求めるのは酷かもしれないが、貴族は年齢を言いわけにできないところがある。この辺はビャクダイ男爵の教育不行き届きだろう。

はてさて、どうしたものか。一度染みついた固着観念は、拭い落とすのに時間がかかる。まだ子どもなので幾分か早く済むとは思うが、なかなか難しい作業だった。

少しずつ慣らしていくしかないか。年単位の計画を考慮しておこう。

数回程度のお茶会では無理だと判断する。早くても、一年くらいは必要だろう。

とりあえず、今はオレたちが味方であることを、真摯に伝えるしかない。

「オルカ」

オレはオルカと目を合わせ、真面目な声音で言葉を発した。

彼はすぐに目を逸らそうとするが、もう一度名前を呼んで阻止する。

「今すぐには信じられないとは思うけど、オレたちフォラナーダはオルカの味方だ。書類上では、もう家族になってる。家族を傷つける奴がいるか？」

「いません、けど」

おどおどと答えるオルカ。

けど、の先には「上位貴族は違う」とかが続くのかな。これは根が深い。

溜息がこぼれそうになるのを堪え、オレは続ける。

「オレたちは裏切らないよ。少なくとも、オレとカロンは、絶対にオルカの味方だ。だって、三人だけの兄妹なんだから」

「きょうだい……」

確か、上に兄が二人いたはず。いろんなシガラミのせいで、彼らはビャクダイに残っているため、思い出を想起してしまったんだろう。オルカは、やや感慨のこもった声を漏らした。

「信じられなくても、関わり合いは持ってくれ。何も知らなきゃ、裏切るかどうかだって分からないだろう？　仲良くするためじゃなく、監視するためでもいいから、オレたちと交流してほしい」

ヒトは、接する時間が長いほど好感度の上がる生き物だ。今は無理でも、交流を続けていけば、彼も心を許してくれるはず。

「……」

オレの言葉を受けて、オルカは無言ながらも頷いてくれた。

今日はこの辺が限界かな。この先の展開は、今後の努力次第ということで。

この日よりオルカは引きこもらなくなり、交わす言葉が増えていった。彼がフォラナーダに馴染(なじ)む日も、そう遠くないと思う。

# Interlude　愛を知る彼女(前)

お兄さまも書かれていらっしゃるようなので、私——カロラインも日記なるものを書いてみることにしました。ただ、何を記して良いのか分かりません。お兄さまにお伺いしたところ、自由で良いとのことですが……。

とりあえず、最初は自己紹介でしょう。

私の名前はカロライン・フラメール・ユ・サリ・フォラナーダと申します。伯爵の長女で第二子。親しい者はカロンと呼んでくださいます。以後、お見知りおきを。

自画自賛になってしまいますが、私はとても恵まれています。整った容姿、伯爵令嬢という立場と財力、光魔法適性という才能。あらゆるモノを私は所有しています。天は二物を与えずと世間では言われているらしいですが、私の場合は当てはまりません。そう自惚れてしまいそうになるほどの環境に、私は置かれていました。

ですが、私はそれらに溺れることはありません。そのような事態には、絶対に陥らないでしょう。何故なら、私には、私の中で最大の恵みであるお兄さまがいらっしゃるのですから。

ゼクスお兄さま。私よりも才能豊かで、私と同い年とは思えないほど聡明な頭脳と確固たる精神をお持ちのお方。遥か先を歩む方がいらっしゃる以上、私が現状に満足するはずはないのです。

物心ついた頃から、私の傍にはお兄さまがいました。あのお方は常に私についてくださり、愛を語ってくださり、大切な物事を教えてくださいました。

特に、お兄さまによる物語の読み聞かせは楽しみでした。一番のお気に入りは『ミト公爵』という物語です。ノブレス・オブリージュを体現したストーリーには、いつも心が躍りました。私も、かの公爵のように誇り高くあろうと思えました。

それに、その感想をお兄さまにお伝えした際、とても喜んでくださったのを覚えています。お兄さまも、ミト公爵の誇り高い生き方がお好きのようでした。であれば、なおさら目指さなくてはなりません！

私とお兄さまは、ずっとずっと一緒に過ごしてきました。

たまに、魔法の研究に夢中になられてしまうのは寂しいですが、それも私の将来のためとのこと。そう仰られては文句など申せません。良い妹だとお兄さまに思っていただけるよう、グッと我慢します。お願い申し上げてからは一緒に訓練もできていますので、寂しさを感じるのはごく僅かです。

魔法といえば、私の魔法が上達した時も、お兄さまはとても喜んでくださいます。新しい魔法を唱える度に頭を撫でてくださるため、今ではご褒美を期待して鍛錬を積んでいるくらいです。

光魔法だけは、皆に黙っているよう注意されてしまいました。お兄さまと離れ離れになりたくはありませんので、約束は必ず守ります。絶対に、絶対にですッ！！！

とはいえ、お兄さまの傍でなら光魔法も訓練して良いそうなので、まったく問題はありません。

むしろ、お兄さまの傍にいられる口実ができて嬉しいくらいでした。

今後も精いっぱい魔法の鍛錬を行いますので、ぜひぜひお褒めくださいい、お兄さま！

×月△日
どうしても書いておきたいことがあり、久々に日記を手に取りました。

お友だちができました。しかも三人！

ちょっと乱暴ですが、頼りになる――お兄さまほどではありませんけれど――ダンさん。大人しい性格ですが、誰よりも慎重で頭の良いターラちゃん。いつも元気いっぱいで、こちらまで明るくなれるミリアちゃん。城下町で生活されている子どもたちです。

ダンさんとターラちゃんはご兄妹だとか。でも、私とお兄さまの関係とは大きく違うようです。ダンさんはお兄さまほどターラちゃんを気にかけていらっしゃいませんし、ターラちゃんも私ほど兄を慕っていらっしゃいません。もちろん、お二人はお互いに愛情をもって接していますよ。私たちほどではない、というだけです。

以前、「お兄さんと一緒におられず、寂しくありませんか？」と尋ねたら、逆にいくつかの質問を返されてしまい、最終的には「カロンちゃんはおかしい」と断言されてしまいました。解せません。

同い年の子たちとの遊ぶのは、とても楽しいです。無論、お兄さまと過ごすのが一番ですが、その次にランクインするくらい大切な時間です。私がお友だちと仲良くするとお兄さまも喜んでくださいますから、まさに一石二鳥です。

唯一の難点は、正体を隠していることでしょう。嘘を吐くのは心苦しいですが、私の立場を知らせると彼らに迷惑がかかってしまうそう。諦めるしかありません。

いつか明かす機会が巡ってきたら、きちんと謝罪したいですね。

×月◇日
本日は激動の一日でした。というのも、だらしない格好の男たちが、私たちを攫うために襲いかかってきたのです。
応戦はできませんでした。偽りの姿で火魔法を発動すれば不自然すぎるうえ、一撃で全員を屠るのは難しそうだったためです。今の私の技量では、一、二人程度が限界でしょう。失敗すれば、ダンさんやミリアちゃんに危険が及ぶのは目に見えている以上、無理はできません。
でも、その危険は、すぐにお兄さまが取り払ってくれました。上空より降り立って男たちを蹴散らすお兄さまは、とても格好良かったです！

嗚呼（ああ）、何でこの描写を絵に残せないのでしょうかッ！　惜しいです、惜しすぎます!!　もったいないのです！

まぁ、最後の最後で、お兄さまの手助けができたのは、我ながらファインプレーでした。お兄さまも喜んでくださり、ハグまでしていただけました。うへへ、大満足です。

ただ、その日から、ダンさんの様子が少しおかしくなりました。普段は変わりないのですが、私（わたくし）と話す際だけよそよそしいような……？

私（わたくし）が貴族だと知って、遠慮しているのでしょうか。だとしたら悲しいです。

妹のターラちゃんなら何か分かるかもしれないと考えて相談したところ、「問題ない、放っておいて大丈夫」と仰られました。溜息（ためいき）を吐きながら。

何か粗相でもしてしまったでしょうか？　不安に駆られますが、その後のターラちゃんの態度に変化はなかったため、おそらく問題ないと思われます。彼女の言葉を信じて、ダンさんについては気にしないことにしました。

◇月×日

またもや間が空いてしまいました。しかも、日記を放置しているとお兄さまに知られ、笑われてしまいました。嫌な感じではなく、小さな子を相手にした際のような頬笑ましい様相で。穴があったら入りたいほど恥ずかしかったです。

……それに関しては以後気をつけるということで、話を戻しましょう。

どうやら、私たちに新しい弟ができるようです。本日、顔合わせを行いました。

話を伺った時からモヤモヤした気分を抱えていましたが、本人と相対した結果、その気持ちはいっそう強くなってしまいました。お兄さまにも心配をおかけしてしまって、心苦しい限りです。

◇月△日

何とか仲良くしようと試みましたが、モヤモヤが邪魔します。どうしても素直になれません。お兄さまにも迷惑をかけていますし、どうしたら良いのでしょう。お兄さま、申しわけございません。

◇月○日

幾日か過ごすうちに、この気持ちの正体が判明しました。嫉妬です。私は、オルカに嫉妬していたのです。二人だけの兄妹に割り込んできて、事情が事情だからとお兄さまに気にかけてもらえる。そのことに、強く妬きもちを抱いていました。

もちろん、彼が養子に入るのは必要なことだと理解しています。でも、感情が追いつきません。この、心の底から湧き出るモヤモヤは抑えられないのです。

申しわけございません、お兄さま。悪いカロラインをお許しください。まだ、義弟を受け入れるには時間が必要そうです。

◇月●日

突然、お兄さまがお茶をしようと誘ってくださいました。以前のように、オルカもいらっしゃると警戒していたのですが、今回は正真正銘の二人きりのようでした。

些か驚いていると、何故かいきなりお兄さまが謝罪し始めました。あの時は本当に大慌てで、今振り返っても赤面してしまいます。何か変なことを口走っていないか、若干心配です。

その後、私は心のうちをお兄さまに語りました。とても恥ずかしい行為でしたが、お陰で気持ちが軽くなったように思います。

お兄さまも、今後は私との時間をしっかり作ると約束してくださいましたし、終わり良ければ全て良し、というものでしょうか？

せっかくですから、一日のハグの回数を増やしてもらえるようお願いするのはどうでしょう。今のお兄さまならば、二つ返事で受け入れてくださりそうです。

……いえ、いけませんよ、悪いカロライン。このことを盾にするなど、淑女としてあるまじき行為です。お兄さまが誇れる妹を、私は目指さなくてはならないのですから。この欲望は、日記の中に封印しておきましょう。

◇月◎日
お兄さまとの語らいもあって、オルカとも自然に接することができるようになりました。まだまだギコチない部分もありますが、次第に打ち解けられると嬉しいです。

あっ、でも、お兄さまと一番仲の良い弟妹の座は譲りませんよ。絶対に、です！

## Section4 冒険者

オルカがフォラナーダに来てから一年、オレは七歳を迎えた。前世でいう小学生に上がる年齢とあって、身体の成長は著しい。だいぶ体格も定まってきたように思う。まぁ、本格的な成長は、もう少し後なんだろうけど。

一年前から懸念事項だったオルカとの関係は、思いのほか順調に解決へと進んでいる。元々感受性の強い子だったようで、すぐにフォラナーダのみんなと打ち解けていった。

やや確執のあったカロンとも、今では良い友だちといった風になっている。領城ではよく一緒に遊んでいるし、城下町に出た時も仲が良い。オレとの時間が減ってしまったのは寂しいが、二人にとって良い傾向なので、甘んじて受け入れよう。

オレとオルカの仲も良好だ。今や「ゼクス兄(にい)」と呼んで慕ってくれている。

オレの実権になってから様々な施策を投入したが、部下が優秀なこともあり、オレ抜きでも回り始めてきた。全部部下任せにはできないけど、プライベートに余裕ができたのは確かだった。であれば、次の計画に移る段階かもしれない。

善は急げとも言う。早速、オレはシオンを伴って、城下町へ出ることにした。

「あ、ゼクス兄(にい)！」

「これはゼクスさま」

領城の出入り口まで歩く途中、オルカと家令であるセワスチャンに遭遇した。オルカは元気いっぱいに手を振り、セワスチャンは慇懃に一礼する。

一年前に比べて、オルカは大変明るくなった。原作では内向的である描写がされていたので、ここまで快活な性格に育つとは正直驚いた。それだけ、原作での境遇がつらいものだったと窺える。

容姿も、以前よりもずっと可愛らしくなった。いや、男に対する形容ではないのは理解しているんだが、オルカに限っては適切なんだよな。男物の服を着ているのに、女の子と見紛えてしまう。

二人に軽く手を挙げて応え、オレは問うた。

「珍しい組み合わせだな。何かあったのか？」

セワスチャンはその役柄上、使用人やオレの隣に立つことが多い。逆に、仕事に関わらないカロンやオルカとは、接触機会が少なかった。ゆえに、相応の用件があったのだと推測したわけだ。

その推察は正しかったらしい。

「もうじき魔法の家庭教師を雇いますので、オルカさまにご希望等をお伺いしておりました」

「獣人に偏見がないヒトって頼んだよ！」

「もう、そんな時期なのか」

それなら、この組み合わせも納得だ。人事関係は、セワスチャンに一任しているからな。

本来、オレの指導を受けているカロンやオルカが、外部の教えを乞う必要性は皆無だ。今や、同年代では最強を名乗れるくらいだもの。オレに至っては無属性なので、むしろ教師の方が困る。

それでも、この雇用は必要だった。

というのも、他家の目を気にしなくてはいけないからだ。もし、ここで教師を雇わなかったり、テキトーな二流教師を雇ったりしたら、確実にフォラナーダの評判を落としてしまう。『あの家は一流の教師を雇う経済力ないしコネもないのだ』と侮られる。

横の繋がりを重視する貴族社会にとって、その噂は致命的だった。ただでさえ、次期当主が無属性というせいで厳しい目を向けられているのに、これ以上の弱点をさらすわけにはいかない。

そういう都合もあり、オレたち三人には魔法の教師が宛がわれる。あとで、カロンとオルカには、授業中に手加減をするよう釘を刺しておかないと。

「教師の件は任せた。周囲に文句を言われない人選なら、オレは誰でもいい」

「承りました。ところで、ゼクスさまは外出なさるのですか？」

「町に出るの？　ボクも一緒に行きたい！」

セワスチャンの問いに、オルカが嬉々として乗っかってくる。

オルカはダンと性分が合っているようで、遊びに行く時はカロン以上にテンションが高い。

遊びに行くなら、喜んでカロンやオルカも連れていくところだけど、今回は別件なんだよな。心苦しいが、断るしかない。

「すまないな。今日は別の用事で出かけるんだ。オルカはお留守番しててくれ」

「むぅ、残念」

唇を尖らせるオルカ。非常に可愛い仕草だが、翻意は望めないぞ。

オレたちのやり取りを頬笑ましそうに眺めながら、セワスチャンは訝しげに問うてきた。

「別の用事、ですか？」

「例の件だよ。少しの間なら、オレが抜けても任せられるようになったし、そろそろ動こうと思う」

「ああ、なるほど。承知いたしました。お気をつけて、いってらっしゃいませ」

フォラナーダの重鎮たちには、オレが何をするのか事前に知らせてある。それを思い出した彼は、丁寧に礼をした。

「行ってくるよ。シオンも同行させるから、日が沈む前には帰ってこられると思う」

オレは返事をしつつ、そのままの足取りで領城を出るのだった。

この世界には、他のファンタジー作品のご多分に漏れず、冒険者という職業が存在する。

概要は、おおむね想像通りの代物だ。町の雑用から商人の護衛、魔獣退治など、様々な仕事を請け負う何でも屋みたいなものである。

ただ、冒険者は、周囲の憧れを集めるような職業ではない。何故(なぜ)なら、学園で落ちこぼれた者の大半が就く職業のためだ。優秀な者は国に仕える騎士や官僚になるのが常で、その枠に入れなかった戦闘職(脳筋)が冒険者になる傾向が強かった。中には物好きの天才なんかもいるらしいけど、基本的に冒険者とは落伍者(らくごしゃ)の巣窟だった。

そんな冒険者に、オレはなろうとしている。

次期当主としての地位が決まっているのに、どうしてかって？

理由は四つある。

一つはレベルを上げたいから。この一年、相変わらず山林での魔獣狩りを続けてきたが、結局一つしかレベルが上昇しなかった。小物では用をなさなくなってきたので、依頼という形で魔獣を狩れる冒険者は最適だった。

一つは、魔獣の素材をフォラナーダの関与なしで集められるから。この先、もっと強くなるためには、当然ながら強い装備を用意する必要がある。その際、レアリティの高い素材を自前で用意できることが鍵になってくる。そういう代物は、たいてい実力者が抱え込んでしまうからな。

大枚を叩いて収集するという手もあるにはあるけど、あまり好ましくはない。フォラナーダが買いあさっていると他家に知られれば、余計な勘繰りをされて妨害を受ける確率が上がるんだ。それは回避したいところ。

集まる人材の関係で、冒険者は誰でもなれるという特色がある。身元確認も、表向きはまったく行わない。よって、フォラナーダとの関係を疑われずに、自らの手で素材を集められるわけだ。

一つは、素材を売ることで資金稼ぎができるから。前述した内容と矛盾していると思うかもしれないが、そんなことはない。手に入れたモノすべてを装備に使用するわけではないため、売買に出す分もあるんだ。

自領のお金を懐に入れるのは、悪徳貴族のやること。自らの首は絞めたくないので、別の伝手でお金を用意できるのは嬉しい。

そして、最後の一つ。これが何より重要だろう。自由に動ける身分を手に入れられるから。現状、オレが表舞台に立つのは控えたい。隠密行動もできるけど、ずっと続けるのには限界がある。だから、冒険者というカバーを手に入れられるのは、今後の活動の役に立つんだ。

加えて、どうしても目立つ行動を取らざるを得ない際、この第二の身分が役に立つ。冒険者の方にすべてを押しつければ、フォラナーダのゼクスからは意識を遠ざけられる。

まさに一石四鳥といっても過言ではないゆえに、オレは冒険者になることを決めたのである。

さすがに、今の姿のまま出向くと騒ぎになりかねないため、【偽装】で年齢や外見を誤魔化す。

ゼクスとは正反対の、前世の姿が良いかもしれない。黒髪黒目は五属性以上の魔法が扱える証なので相当目立つが、この身分は派手な功績を押しつける用途もある。気にしても無駄だ。

……ふむ。どうせなら、どんどん目立ってやろう。目元のみに穴の開いた、顔を覆い尽くすタイプの仮面もかぶろう。ついでに黒コートも羽織れば、立派な不審者の出来上がりだ。ふふっ、我ながら痛い格好だな。思春期特有の病が再発しそうである。

シオンを同行させた理由は、彼女が冒険者の資格を持っているというので、最初のうちは色々教わろうと考えたためだ。今のオレは簡単にやられるほど弱くないけど、やはり先駆者の知恵は欲しい。何らかの失態を犯さないよう、この手の指導は必須だった。

はてさて。やって参りました、冒険者ギルド・フォラナーダ支部へ！　五階建ての建造物で、出入り口は古き良きウェスタンドア。一階に受付と酒場がある。テンプレ通りの仕上がりだ。

この世界の冒険者ギルドは国営だったりする。封建国家下で、武力集団を野放しにするはずがなかった。

出入り口を潜り、真っすぐ受付へ向かう。お昼すぎという時間帯のせいもあってか、内部の人はまばらだった。受付もほとんど空いている。

とはいっても、ゼロではない。酒場で飲んだくれている連中が数名、ジロジロとこちら——特にシオンを見つめていた。

彼女は美人だから、注目を集めるのも仕方ないか。当の本人は気にしていないようだし、オレも無視で良いだろう。

不躾な視線を意識よりシャットアウトし、オレたちは空いている受付へ辿り着く。二十代後半くらいの人間の女性だ。

そして、シオンへ合図を送ってから声をかけた。

「冒険者登録をしたい」

聞こえてきたのは、成人男性に相応しい低い声。決して、声変わり前の少年のそれではなかった。

せっかく【偽装】しているのに、声でバレるような失態は犯さない。シオンに風魔法の【変声】を施してもらったんだ。

彼女の同行中は風魔法で誤魔化す。オレ単独になった時は、それまでに蓄えた資金で【変声】の魔法具——魔法を込めた道具——を買い、何とかするつもりだ。

「ようこそ、いらっしゃいました。まずは、こちらの用紙に必要事項をお書きください」

受付は怪しんだ様子もなく、手順通りに書類を渡してくる。個人のプロフィールを書き込むものだが、すべて嘘でも問題ない。妙な行動を取らない限り、冒険者ギルドは放任主義である。

当然ながら、オレは嘘のプロフィールを記す。名前はシス。本名のゼクスが、ドイツ語だと数字の6という意味を持つから、フランス語に変えてみた。安直である。

とはいえ、この世界にはドイツ語もフランス語も存在しないので、そう簡単にはバレないと思う。

ゼクスの意味も、この世界だと異なったものだし。

「シスさんですね。この度は冒険者にご登録いただき、ありがとうございます。こちら、シスさんのギルドカードとなります。魔力を込めていただければ、あなた専用のものとして登録されます。再発行にはお金がかかりますので、紛失や損壊等にはご注意ください」

そう言って受付嬢が渡してきたのは、手のひらサイズの鈍色(にびいろ)のカードだった。オレの名前と、このギルド支部の名称が記されている。

早速、指示に従って魔力を通す。すると、カードは一瞬だけ光り、白色へと変色した。たしか、この色によって、持ち主のギルドランクを判断するんだっけ。

受付嬢は続ける。

「冒険者ギルドの規則を簡単に説明いたしますが、如何(いかが)なさいますか？」

どうしようかな。一応、ルールは把握している。原作でもミニゲーム感覚で冒険者の仕事ができたし、転生してからもシオンに説明してもらっていた。

難しい内容はない。ケンカは厳禁、やるなら決闘形式で。一度受けた依頼は、果たさないと違約金発生。ギルドへの貢献度に応じてF～Aのランクづけがされる。自分のランク以上の依頼は受注できないなどなど。

この辺もテンプレ通りだな。思い返してみたけど、改めて聞き直すほどでもないか。

「いや、説明はいらない。早速、依頼を受けたいんだが」

「分かりました。依頼は、掲示板から剝がして持ってきてください。持ち寄る際、依頼のランク制限にはお気をつけください」

「了解した」

オレは背後で待機していたシオンを伴い、依頼の張られた掲示板へと向かう。

すると、掲示板に到着する前に、その進路はふさがれた。立ちふさがったのは、如何にも重戦士という風体の大男二人。それぞれ、大剣と槍を背負っている。悪酔いしているのか、頰はかなり赤く染まっており、目も据わっていた。

うわぁ、あからさまなのが来たなぁ。

異世界ファンタジー定番の、先輩冒険者のやっかみだろうか。最近は、〝実は良いヒト〟みたいな展開も増えているらしいけど、この二人には当てはまらなそうである。

ただ、いきなりケンカ腰も良くないので、様子を窺うことにした。

「何か用か？」

敬語は使わない。シオン曰く、なめられるらしい。落ちこぼれか訳ありしか就かないんだから、当然の話だ。

「ああん？　調子乗ってんじゃねぇぞ！」

「どうせ、その黒髪も染めたんだろうぜ。とんだ自信過剰野郎だな！」

普通に話しかけただけなのに、因縁をつけられた。少し呂律が怪しいし、完全に酔っ払いだな。

やっぱり、前世の容姿（黒髪黒目）は目立つらしい。自分の実力を隠すため、冒険者には髪を染める者も多いと聞いていたけど、黒までいくとビッグマウスがすぎるみたいだ。

ちなみに、貴族は髪の染色を忌避する傾向が強い。魔力は先祖から引き継いできたもので、それを表す髪や瞳の色を偽るのは、先祖を侮辱する行為に等しいとのこと。実戦をなめている考えだが、貴族が平民に交じって前線に立つことなんてあり得ないので、問題にはならないんだろう。

閑話休題。

大男二人に進路をふさがれてしまったせいで掲示板まで辿り着けないわけだが、どうしたものか。

確認したところ、大剣使いのレベルは27で大槍使いは25。中堅冒険者（ランクC）でも上の方って感じかな。

落ちこぼれが集まる職だけあって、冒険者の平均レベルはそんなに高くない。ランクBで、ようやく戦闘職の平均（レベル35）の輩（やから）が現れてくるくらいだ。下手な冒険者より、その辺を見回っている衛兵の方がよっぽど強い。

現時点のオレのレベルは36なので、普通に戦っても圧倒する自信があった。

しかし、武力行使は望ましくない。何せ、ギルドは私闘の類を禁じている。それを許すと無法地帯と化してしまううえ、新人の足が遠のいてしまう。

ならば、ギルドにこの二人の迷惑行為を咎（とが）めてもらうことも考えたが、それも難しそうだった。

だって、今のイザコザを目撃しているのに、受付などのギルド職員はまったく動こうとしていないんだ。期待するだけ無駄だろう。

こんな調子でギルドの運営は大丈夫なのかと心配になるが、領城に上がってくる報告書を見る限りは問題ないようだ。何とも不思議な話である。

現状を打開する手段は二つ。武力以外の手段で彼らを退かせるか、決闘を申し込むか。

十中八九、大男たちは後者を望んでいる。オレが負けた場合の対価として、シオンの身柄を要求したいんだろう。鼻の下を伸ばしているので、実に分かりやすかった。

新人程度なら叩きのめせると考えているようだけど、考えが浅はかだよなぁ。新人イコール自分たちより弱いなんて、決まっているわけでもないのに。まぁ、阿呆だからこそ、昼間から飲んだくれてるんだよな。

納得しながら、二人にどう対処するか思考を巡らせる。

どうせ勝てるんだから、決闘しても構わない。でも、バカどもの思惑通りに動くのは癪だった。

というわけで、武力以外の方法で大男らを排除することにする。

オレは体内の魔力を昂らせ、にっこりと彼らへ笑いかける。仮面のせいでコチラの表情は見えないだろうが、視線を向けたのは感じ取った様子。相手は怪訝そうに眉を吊り上げていた。

次の瞬間、隆起させた魔力を一気に解き放った。オレより前方、大男らをさらうように。

当然、膨大な魔力の波に、大男どもは飲み込まれた。無色透明なそれは、誰にも気づかれずに二人の全身を覆い尽くす。

「「あっ――」」

魔力を一身に受けた大男たちは、小さな呻きとともにその場でくずおれた。口から泡を吹き、盛大に失禁している。

オレが行ったのは【威圧】という無属性魔法。本来の【威圧】は、自分より弱い相手を一瞬だけ怯ませる程度の代物だ。

ところが、実際の結果は異なっている。原因は、研究で【威圧】の効果量の向上に成功したため。精神魔法と組み合わせることで、〝自分より弱者〟という範囲は撤廃できなかったものの、気絶させられるようになったんだ。

「やりすぎでは？」

背後に侍っていたシオンが、若干の困惑を含ませて苦言を呈してきた。

大男たちが突如として悲惨な状態に陥ったせいで、ギルド内は騒然としていた。職員たちは悲鳴を上げ、他の冒険者たちはピリピリした空気を発している。

オレは肩を竦め、苦笑を溢した。

「ここまで効果があるとは思わなかった。この二人、強さの割に魔力が少なかったみたいだ」

オレとしては、普通に気絶させる程度を想定していた。それくらいの手加減はしていて、失禁なんてさせるつもりはなかったんだ。

先に言った通り、原因は相手の魔力不足。オレは圧倒的な魔力量を誇っているため、二人との差が大きく開きすぎていたんだ。そのせいで、想定以上の効果を発揮してしまったんだと思われる。

現時点で周囲は、オレが二人を倒したとは考えていない模様。冒険者たちの警戒は周りに向いており、こちらには届いていない。

当然っちゃ当然。この世界の人間は、魔力を視認できないんだ。

【魔力視】という手段は存在するけど、あれは現代科学を知るオレや、その知識を伝授されたカロンたちだから使えるもの。他者には無理だ。魔力操作に長けるエルフならワンチャン見えるかな？　程度だろう。だからこそ、シオンの一族は【偽装】を常用しているんだ。誰も、まとう魔力を見破れないゆえに。

さて、このまま放っておいたら怪しまれてしまうので、一芝居打つことにしよう。

「お、おい。大丈夫か？」

あたかも、大男らが気絶したのを驚いている風に装い、二人の肩を揺すってみせる。これほど盛大に落ちたら最低三十分は起きないんだけど、とりあえずポーズだけは取っておいた。目で合図を送って、シオンにも同じことをさせる。

突然の演技だったため、大根になっていないか心配だったが、それは杞憂だった。程なくしてギルド職員たちが事情聴取に来たが、オレたちが原因だと疑っている様子はなかった。むしろ、傍らにいて何か影響はなかったかと心配されたくらいである。

その後、聴取より解放されたオレたちは、掲示板の依頼を受注した。多少時間を食ってしまったけど、まだ日が落ちるまでの余裕は残っている。さっさと依頼をこなすとしよう。

冒険者としての活動を始めて一週間、シオン監修の下で幾度も依頼を受けていった。

獲物を前に転んだり、大事なところで魔法を失敗したりと、相変わらずドジを連発する彼女だったけど、教えてくれる冒険者の心得や知識はタメになるものが多かった。必ずや、オレの今後を支えてくれるだろう。

そして、オレの冒険者ランクがEに昇格した。

レベルにしては遅かったと思うかもしれないが、規則として、誰であっても一週間はランクアップできないんだ。最初の一週間は試用期間みたいなもので、向き不向きを確かめる段階に当たる。ランクFとは、その試用期間のために設けられたランクだった。

そういうわけで、オレはようやく、本当の意味で冒険者になった。これからはシオンの付き添いなしで依頼を受ける運びとなる。

「ゼクスさま、準備は万端でしょうか？　チリ紙やハンカチは持ちました？　冒険者カードは、紛失しないように内ポケットにしまっていますか？　ああ、武器の手入れは行き届いているでしょうか？　肝心な時に得物が壊れては、あなたさまの命に関わります」

一人で冒険者ギルドへ向かう直前。領城の入り口前で、シオンが準備確認を行っていた。それはもう、念入りに。かれこれ、三十分は確認し続けている。

何ていうか……子どもを初めてのお遣いに送り出す、母親みたいな反応だな。心配なのは分かるが、いくら何でもしつこすぎる。

オレはおざなりに手を振る。

「分かった、分かった。ちゃんと準備はできてるから、そろそろギルドに行かせてくれ」

「本当に大丈夫でしょうか？　何か見落としはございませんか？　一つのミスが大きな問題に発展することだってございますし……」

「そんなものないから。シオンがこれでもかってくらい確認してくれたお陰で、不備は一切ないよ。本当に、もう出発させてくれ」

送り出してくれる気配が微塵もないシオンに、オレは呆れ果ててしまう。

彼女を放って出立してしまえば良いんだが、そうすると無理に同行してきそうな気がするんだよ。満足させるまで付き合うしかない。

ハァと溜息を吐き、「あと一時間はかかりそうだ」なんて呆然と考えていると、不意に領城が少し騒がしくなった。ほんの些細(ささい)な変化だが、確かに慌てた気配を感じる。

それはシオンも感じ取ったようで、準備確認を止め、城の方へ振り返った。

「何があった？」

「私は存じ上げません。確認して参りますね」

そう言って、彼女は城の中へと戻っていこうとする。

だが、彼女が門を潜る前に、騒動の原因がオレたちの目の前に現れた。

「お兄さま！」

「ゼクス兄(にい)！」

それは果たして、我が最愛の妹カロンと、親愛なる義弟オルカの二人だった。よほど急いで駆けつけたのか、二人とも肩で息をしている。

――で、息を切らしている理由は、彼らの背後にあった。

「「「お嬢さま、お待ちください！」」」

「「「お待ちください、坊ちゃま！」」」

カロンたちが到着して数秒後。二人同様に息を切らした使用人たちが、領城より出てきた。顔には見覚えがある。カロンやオルカの身の回りの世話を任せた者たちだ。

……何となく、状況の察しがついてきた。

オレは微(かす)かに頭痛の気配を感じつつ、カロンとオルカへ問いかける。

「そんなに急いで、どうしたんだ？」

すると、オレのそんな質問が気に食わなかったようで、カロンたちはクワッと目を見開いた。

「どうしたもこうしたもありませんよ、お兄さま！」

「そうだよ、ゼクス兄。いくら何でも酷いよ！」

地団太を踏まんばかりに詰め寄ってくる二人。あまりの勢いに、思わず後退りしてしまう。

オレは両手をドウドウと振りながら、再度問い直した。

「落ち着けって。いきなり言われたって何も分からないよ。後ろの世話係から逃げてきたのは察しがついたけど、その意図が分からないんだ。順序良く説明してほしい」

本当はだいたい理解できているが、あえて一から答えるよう促した。それは、予想が外れてほしいという願望が多分に含まれている。

しかし、現実は無情だった。

「お兄さまが外で魔獣を狩っていらっしゃると耳にしました」

「冒険者なんて楽しそうなこと、一人でやってるなんてズルいよ。ボクたちも一緒にやりたい！」

幾分か冷静になった彼らが口にしたのは、懸念していた問題の発露だった。

実は、オレが冒険者を始めたことは、カロンとオルカには内密にしていた。理由は、目前の状況が物語っている。

オレとしては、二人に冒険者をしてほしくなかった。

カロンたちはオレと一緒に訓練しているだけあって、年齢にそぐわない実力を有している。カロンは言わずもがな、半年前より訓練を始めたオルカも十分に強い。

でも、あくまで『同年代と比較したら』なんだよ。無茶を重ねているオレと違って、二人は安全性を重視して鍛えている。だから、おおよそ下位の騎士に勝てるか否か程度の実力しかない。原作で例えるなら、序盤くらいの中ボスと良い勝負をするレベルか。

今のまま冒険者をやっても、それなりに良い成績を残せるだろうが、所詮はそれなり止まり。思わぬ強敵に対面して手酷くやられてしまう機会が、きっと巡ってくる。失敗経験はそのうち必要だけど、それを冒険者なんて危険な職業で得る必要はない。今は地道に自己鍛錬を行い、着実に実力を伸ばしてほしかった。

オレが冒険者になったと知られれば、こういう状況に至ることは想定できていた。ゆえに、一部の部下にしか伝えていなかったんだが、誰かがうっかり漏らしてしまった模様。

こうなっては、翻意を促すのは難しい。貴族教育のたまものか、大人びた面を持つカロンたちだけど、実際は六、七歳の子どもにすぎない。どうしても好奇心が勝る時はある。

まぁ、普通の子どもは「冒険者をやりたい」なんて言い出さないんだけど、二人は年不相応の武力を持っているので、通常の枠には収まらなかった。

オレは諦観混じりに言う。

「冒険者は危険な仕事なんだよ」

「その危ないお仕事を、お兄さまは請け負っていらっしゃるではありませんか。私たちが協力すれば、お兄さまのご負担が減ります！」

「カロンたちよりもオレは強いから大丈夫。二人にはもっと鍛錬をしてもらいたいな。実戦はまだ早いと思うんだ」

「戦いに絶対はないよ。ボクたちはゼクス兄が心配なんだ！　確かに、実戦は早い気もするけど、その空気に触れておくのも大事じゃない？」

懸念事項を挙げると、カロンとオルカは次々に反論を述べる。ただのワガママではなく、妙に得心のいく内容だから困りものだった。

言葉を重ねていけば、次第に反論を封じられるだろうが、二人の中に不満が残るのは間違いない。下手に実力がある分、勝手に動かれる可能性もあるし、ここは妥協した方が賢明かもしれない。今ならランクEのため、そこまで危険性の高い依頼はないはずだから。

「ゼクスさま、ここはお引きになった方がよろしいかと」

「……それがベターか」

傍で成り行きを見守っていたシオンも同じ結論に至ったようで、そう進言してきた。

彼女も同意見となると、もう他に選択肢はなさそうだ。大人しく諦めよう。

オレは盛大に溜息を溢し、期待した目で待っている二人へ告げる。

「いいだろう、同行を認める。ただ、オレが許した時だけだ。ダメと言った場合はついてこないでくれよ？　あと、冒険者ギルドには絶対行かないこと。貴族子女が顔を出したら大騒ぎになる」

「ありがとうございます、お兄さま！」

「そうこなくっちゃ！」

せめてもの条件はつけさせてもらう。現時点でシスとカロンたちの関わりは示したくないし、難度の高い依頼で二人を守り切れる自信はないのだから。

「やりましたね、カロンちゃん！」

「良かったね、オルカ！」

オレの言葉を聞き、こちらとは対照的に大喜びするカロンとオルカ。二人でハイタッチまで交わしており、実の兄妹のような気安さがあった。

……本当に仲良くなったな。それ自体は嬉しいんだけど、今のタイミングだと素直に喜べない。複雑な気分だ。

こうして、オレの初めての単独依頼はご破算となり、同行者二人がついてくる運びとなった。


オレの受けたランクEの依頼は、グレーウルフの群れ一つの討伐だった。繁殖期を終えて個体数を増やしたらしく、餌にあぶれた連中が群れをつくり、新しい餌場を探して街道付近に出没するようになってしまったんだとか。

ランクEの依頼だけあって、グレーウルフはそこまで強くない。見た目は名前通りの灰色狼で、体格は中型犬程度。群れは最低五から最大八十くらいで形成する。五、六匹で固まって行動する傾向が強いけど、知能はそこまで高くないため、待ち伏せや囮などを警戒する必要はない。大規模な群れでなければ、未熟な冒険者でも問題なく狩れる相手だ。

無論、その辺の戦闘職よりも圧倒的に強いオレなら、苦戦する要素は微塵もなかった。到着して早々、両手に握った短剣を用いて瞬殺した。

グレーウルフはいつもの狩場にもいたし、どうやれば簡単に殺せるか覚えていた。お陰で、すべて一撃で殺すことができた。おそらく、素材は最高品質で売れると思う。お金が増えるよ、やったね！

――と、オレは効率良く依頼を完了できて喜ばしかったんだが、同行者の二人は異なる見解らしい。むぅぅぅと唸りながら、仏頂面を下げていた。

彼らが不機嫌な理由は、オレがさっさと依頼を達成してしまったためである。せっかく魔獣と戦えると意気込んでいたところ、僅か五秒で片づけてしまったのが気に入らないんだ。たぶん、魔獣相手に活躍する自分をイメージしていたんだろう。

呆れを顔に浮かべながら、オレは二人へ声をかける。

「だから、言ったじゃないか。一緒に来ても楽しくないって」

「それはそうですが……」

「だって……」

グレーウルフの討伐を引き受けた後、「一瞬で殲滅するから、一緒に来てもつまらないぞ」と伝えていた。それを押して同行を願ったのは彼らなんだから、こうしてスねられても困る。

とはいえ、強く指摘するのも酷か。二人とも、まだまだ子ども。好奇心に身を任せて失敗することもあるだろう。保護者としては、それを窘めつつも、温かく見守るのが最善かもしれない。

小言も程々に、唇を尖らせる二人の頭をワシャワシャと撫でる。

「わわっ!?」

「お、お兄さま!?」

オルカもカロンも、驚いた様子を見せながらも、拒絶する感じはない。むしろ、嬉しそうに目を細めていた。

機嫌が直ったのを確認してから、オレは一つの提案を持ち出す。

「街道から離れて、繁殖しすぎたっていうグレーウルフの巣でも探してみようか」

「「えっ」」

オレのセリフを聞き、鳩が豆鉄砲を食ったような表情をする二人。依頼を達成したのに、仕事外の手間をかけようって言うんだ。疑問に思うのも当然だった。

何も、これは二人の機嫌を窺ったわけではない。今回の依頼を受けた時点で、巣の確認まで目途に入れていた。

というのも、グレーウルフの群れ一つを討伐したところで、この問題は根本的に解決できていない。繁殖のしすぎで群れが溢(あふ)れたのだったら、少し時間を置けば再び溢れてきてしまう。問題の根本である巣自体に対処しないと、いつまでも依頼は出続けるだろう。最悪、街道を通った一般人が被害に遭う恐れだってあった。将来を見据えるなら、この一件は早期の解決が望ましいんだ。

かといって、冒険者ギルドに街道より逸(そ)れた場所への討伐依頼が発注されるかといえば、あり得なかった。

何せ、肝心のグレーウルフの巣が存在するのは、人気(ひとけ)のない森の奥と推定される。ヒトのいない場所の魔獣駆除を依頼する奇特な人物なんて、普通は現れない。

結局、冒険者は仕事で魔獣狩りを請け負っている。そのため、人類の生活圏に入り込んだものやヒトに危害を加えたものを討伐することが大半だった。

こういう領内の保安に関わってくる種類は、基本的に領主などの支配者側に回され、騎士団が派遣される。あけすけに言ってしまえば、〝管轄が違います〟というやつだ。どこの世の中もお役所仕事である。

そこで、オレの立場を思い返してほしい。領主の息子であり、事実上の領の運営者だ。つまり、オレは今回の騒動を収める側の人物ということ。部下たちに任せても良いけど、せっかく経験値を稼げるチャンスだし、自ら向かおうと判断したわけだ。

まぁ、本当は後日改めて行こうと考えていたんだが、あそこまで露骨に落ち込まれると、何とかしたくなってしまうのが兄心。シスコンやブラコンのそしりは、甘んじて受けよう。逆に、褒め言葉だと感じるくらいだ。

というわけで、その辺りの説明を二人にもして、オレたちは近場の森林へ入る。

良い機会なので、二人には索敵を経験させてみた。オレの前に、キョロキョロと周囲を見渡す愛らしい弟妹の姿がある。かわゆす。

オルカも含まれているのかって?

当然だろう、義理とはいえ家族なんだから。そも、彼の容姿は可愛らしすぎるんだよ。たまに、本当に男なのか疑わしくなる。一緒に入浴したこともあるので、男なのは確定しているけどさ。

二人とも、各々の魔法適性による探知魔法は習得しているため、安心して任せられる。役に立てていると実感が持てているお陰か、かなりやる気になっているようだ。相当喜んでいる様子が窺える。これほどまでに気合を入れているなら、まず失敗はしないと思う。一応、いつでもフォローできるようには構えているけど、今のところ問題はなさそうだな。

三人で固まって歩くことしばらく。いよいよ本命の登場だった。オレの探知術に、グレーウルフの群れが引っかかったんだ。

オレが敵影を捉えてから一時間後、前を歩いていた二人も気づいたらしく、不意に足を止めた。

ふむ、二人同時に気づいたのか。てっきり、オレと鍛錬した時間の長いカロンの方が、先に捕捉すると考えていた。とても興味深い結果だ。

考えられる要因は、オルカの索敵への適性がかなり高い可能性。

もったいぶった言い方をしたが、十中八九、この推論で決まりだろう。原作でのオルカの役割はサポーター、それも斥候に秀でたキャラだった。一方のカロンは、火魔法による大火力で攻めるキャラ。どちらが探知を得意とするかなんて、火を見るよりも明らかだ。

それにしても、探知のみとはいえ、たった半年でカロンの腕に追いつくとは驚いた。

確か、カロンは半径一キロメートルと少しまで探知できるはず。フォラナーダの暗部への所属条件の一つが、探知範囲二キロメートルだったから……あと半年も鍛錬すれば、プロと同レベルに至る可能性があるわけか。さすがは原作の主要キャラ。潜在能力がすさまじい。

オレが感心している間に、探知を続けていた二人は、グレーウルフの群れの詳細を調べていたようだった。探知に意識を集中させ、それによって既知とできた情報を、お互いにすり合わせている。

情報の齟齬が起こらないよう、もう一人と確認し合うのは素晴らしい判断だ。しかし、別の観点から、オレはカロンたちを叱らねばならなかった。

「二人とも」

「「ッ」」

オレが話しかけると、カロンとオルカは同様に身をすくませた。こういうタイミングでのオレの発言は、たいてい怒られる時だと学習しているらしい。

苦笑いを浮かべつつ、オレは続ける。

「探知の精度は高いし、二人で得た情報のすり合わせを行ったのは良かった。でも、グレーウルフを発見した後の、探知の仕方がダメだったな」

「探知の仕方、ですか？」

カロンは心当たりがないのか、おどおどと首を傾げている。逆に、オルカは得心がいったようだった。「あちゃー」と声を漏らしながら、両手で顔を覆っていた。

こういうところで性格が表れるよなぁ。カロンは良く言えば思い切りが良い、悪く言えば大雑把。対して、オルカは些か度胸が足りないけど、慎重で視野が広い。

あらゆる点で正反対な二人だけど、相性は良いんだ。お互いの及ばないところを補完し合える。観察などの細かい作業はオルカに任せ、決断を求められる部分はカロンが担えば完璧だろう。

それはともかく、

「オルカ、何に気づいたのか答えてくれ」

問題点をオルカは把握したようなので、彼に解答してもらうことにする。

オルカは覆っていた手を外し、オレを真っすぐ見つめた。

「グレーウルフの発見に浮かれて、奴らばっかり探知してた……」

「うん、正解だ」

悔しげに語る彼に、オレは首を縦に振る。

「ここはグレーウルフ以外にも危険が多い森の中だっていうのに、索敵を任せてた二人が、そろって周囲への警戒を怠るのは致命的なミスだよ。襲ってくれって言ってるようなもんさ」

指摘を受け、カロンも理解が及んだ模様。口元を手で覆い、コクコクと頷(うなず)いている。

ただ、完全に納得したわけではないみたいで、

「お兄さまがいらっしゃったのですから、大丈夫なのでは？　お兄さまが問題提起しておられるのは、誰も周りを警戒していないことでしょう」

と、反論を口にした。

やや生意気に感じられる語調だったが、オレは気にしない。何かを教わる際、気になった点を素直に尋ねられるのは良いことだ。オレの意見が絶対とは限らないし、こういう反論は大歓迎である。

まぁ、今回はオレの方が正しいんだけども。

「確かに、今回はオレがフォローしてた。でも、それはオレが監督役として気を配っていたからできたことだ。普通のパーティーの場合、索敵役が周囲警戒を放り出すとは考えないだろう？　対象の情報収集に集中するのは良いけど、仲間へ事前に声をかけなきゃダメだよ」

今回に当てはめると、前もってオレへ声を掛けておくべきだったわけだ。

「それは……正論ですね。申しわけありません、反省いたします」

こちらが滔々(とうとう)と語ると、彼女は素直に頭を下げた。

間違いをすぐに認められるところは、カロンの美点だね。真面目ゆえに、納得できない部分は徹

底して解明しようとしてしまうけど、プライドにこだわって目を背ける子ではない。

「相手を調べながらも、周囲警戒ができるのがベストかな。無理そうなら、それが可能な距離まで詰める。もしくは、他のメンバーに警戒を手伝ってもらうこと。今回の場合は前者がいいだろう。グレーウルフの感知範囲は、もっと狭いからね」

二人が得心できたのを認めたので、オレはアドバイスを送った。

そう大した内容ではないんだけど、カロンたちはキラキラした尊敬の眼差し(まなざ)で「分かりました！」と返事をくれる。少し照れくさいな。

オレは二人から目を逸らし、話を進める。

「まぁ、せっかく情報収集したんだし、何が分かったのか聞こうか。教えてくれるかい？」

「「はい！」」

カロンとオルカは快活に返事をし、集めた情報を語り始める。

「グレーウルフの巣は、現在地より一・二キロメートル先にあります。おそらく、地面に穴を掘ったものかと思われます」

「しかも、出入りしてるグレーウルフの数からして、何箇所も巣穴があるみたいだよ。たぶん、十くらい？　二十はないと思うけど、結構規模が大きいかも」

「また、巣の警護のためか、数体は周囲へ散らばっている模様です。私(わたくし)の索敵範囲の外にいる可能性もあるため、正確なグレーウルフの総数は不明ですが、おおよそ五十はいるかと」

「警護役のグレーウルフは、巣を中心に、だいたい十メートル以内をウロウロしてる感じ」

「なるほど。よく調べたな」

オレは二人の頭を撫でる。

小気味良く出された情報は、どれも精度の高い代物だった。彼らの年齢を考えれば、合格点どころか花丸を上げても良い。粗がないとは言わないが、現状はこれだけできれば十分だろう。

「巣穴の最奥に、一番力の強い個体がいる。たぶん、それがボスだから、二人は気をつけるように」

「分かりました」

「うん、気をつける」

「じゃあ、先へ行こうか。作戦は歩きながら話すよ」

一つだけ注意を促し、オレたちは歩を進める。

作戦といっても、複雑なものは考えていない。このままグレーウルフを強襲し、一網打尽にするだけだ。これだと取りこぼしが発生するんだが、街道にグレーウルフが溢れないようにするのが今回の目的なので、必ずしも全滅させる必要はない。全部倒す気概だけど、最低限の間引きができれば構わないんだ。

カロンとオルカは魔獣と戦いたがっていたし、警護役の個体は任せても良いかもしれない。群れていない狼程度なら、初戦の相手にちょうど良さそうだ。

森をかき分けていくと、ついにグレーウルフと接敵する。警護役の個体だった。幸運なことに二匹。カロンとオルカに、それぞれ一体ずつ相手をさせよう。

オレは二人へ指示を出す。

「二人とも、目前のグレーウルフを倒すんだ。各個撃破か協力するかは任せる。油断はしないように」

「「はい！」」

彼らは元気良く返事し、それから得物を構える。どちらも短剣だった。

実のところ、二人とも後衛タイプなんだよな。本来なら、杖や魔導書といった魔法行使の補助道具を持つべきなんだけど、オレが短剣使いだからって、短剣を希望したんだ。

愛い奴め。カロンとオルカは、オレを萌え死なせようと画策しているのだろうか？

とまれ、今回に限っては最適な装備か。後衛の二人だけで戦うなら、接近されても対処できる武器の方が安心だ。一応、扱いの基礎も教えてあるので、下手を打つ心配もない。

さて、二人の初実戦を見守ろう。

二人とグレーウルフらは、約十五メートルの間隔を空けて対峙していた。お互いに警戒をしており、ピリピリとした空気が蔓延している。

グルグルと唸り、毛を逆立てていたグレーウルフは、不意に息を大きく吸い込んだ。そして、次の瞬間に遠吠えを上げる。

「うぉおおおおおおおおおおおおおおん！！！！！」

「「あっ!?」」

それを聞き、カロンたちは自らの過ちに気づいた。

今の遠吠えは、仲間にオレたちの存在を伝えるものだった。これにより、現在進行形で増援が迫ってきている。探知術によると……おお、群れのほとんどが向かってきていた。それだけ、オレたちが脅威だと判断されたらしい。

カロンとオルカのミスは、グレーウルフの隙を窺ってしまったこと。群れるタイプの敵は、今みたいに仲間を呼ぶこともあるので、早々に討伐しなくてはいけないんだ。

さっさと倒せる技量がなくても、遠吠えをさせなければ良い。こちらから攻撃を仕掛けて回避に専念させるとか、な。隙は窺うものではなく、作るものなんだよ。

早速、不利な状況に陥った二人だが、この後はどう動くだろうか。――なんて言っている場合ではないか。あの数の増援は、さすがに任せられない。

大量の増援が近づいているのを感知したようで、カロンとオルカの顔は青ざめていた。そんな彼らへ、オレは声をかける。

「増援の方はオレが対処するから、二人は目の前の敵へ集中するように。終わったら反省会な」

「ありがとうございます、お兄さま」

「ありがとう、ゼクス兄(にい)」

二人は礼を言うと、目前の敵に向き直る。それから、できるだけ増援が到着する前に倒そうと、早速攻撃を仕掛けた。

先手はカロンが打った。短剣の切っ先をグレーウルフたちへ向け、魔法名を唱える。

「【ファイヤアロー】」

二本の火の矢が短剣の先に発生した。約三十センチメートルはあるだろう火矢は、ゴォォという音を鳴らしてグレーウルフへ直進する。攻撃は避ける暇を与えず敵に直撃し、奴らを炎上させる。

初級魔法ゆえに一撃では倒せなかったが、かなりのダメージを負わせられた模様。

相当の熟練度だと感心させられる攻撃だった。【設計】から【現出】までの流れに一切の淀みがないし、二重行使なんて高い技巧を見せてくれた。威力も申し分ない。我が妹は天才だな。将来は宮廷魔法師のトップ――聖王国最強――も夢ではない。

――と、ついついカロンばかりに関心を向けてしまったが、戦闘はまだ終わっていない。体が炎上しつつも、グレーウルフは死んでいないんだ。

奴らは怒りを抱いて、攻撃してきたカロンに突進してこようとする。

だが、それは実現されない。

「【アースウォール】」

オルカの唱えた魔法によって土壁が二つ出現し、カロンへの進路をふさいだ。突然の出来事にグレーウルフたちは対応できず、壁へしこたま体を打ちつけてしまう。

土壁は崩れたが、走る勢いのまま衝突した敵二体のダメージは大きかった。骨折でもしたのか、思うように立ち上がれないでいる。

その隙を二人は見逃さない。

「【フレアボール】」

「【ストーンスパイク】」

それぞれの中級魔法——炎の球と石の杭がグレーウルフらを襲い、その命を刈り取った。

見事な完勝だ。火矢でターゲットを誘導し、土壁で大ダメージを与え、最後にトドメを刺す。初めて対峙した魔獣に怯えることなく、上手く立ち回っていた。

カロンは無論、オルカの魔法の精度も高い。訓練時間の差があり、今はカロンの方が様々な観点で上だけど、そのうち彼も追いつくだろう。それくらい筋が良い。

「やりました！」

「やったね！」

初の魔獣退治が相当嬉しかったようで、ハイタッチを交わし合う二人。それから、オレにも褒めてほしいのか、こちらに向かって駆け寄ってこようとしていた。

盛大に褒め甘やかしたいのは山々なんだけど、その余裕はないんだよな。初めての勝利の余韻で忘れているかもしれないが、もうすぐ敵の増援が到着する。それに対処しなくてはいけない。

二人がオレの下に来る前に、言葉で留まるように言う。

「カロン、オルカ。二人はその場で待機。ここからはオレの仕事だよ」

「え？　分かりました」

「あっ！　ごめんなさい！」

　カロンは首を傾げながらも指示に従い、オルカは謝りながら立ち止まった。

　……オルカは及第点として、カロンはちょっと心配になってくるな。オレの言うことなら何でも聞いてくれるみたいな雰囲気なんだけど、それってどうなんだろう？　ブラコン極まっているなぁ。

　他人のことは言えた身ではないけどさ。

　苦笑しつつ、オレは【位相隠し（カバーテクスチャ）】より二本の短剣を取り出す。

　それと同時、

「「「「「うぉぉぉぉおおおおおおおおおおおおおん！！！！！！！！」」」」」

　四十数体のグレーウルフが、オレたちを囲むように姿を現した。

　さぁ、狩りの時間だ。


　はてさて。短剣を取り出したのは良いけど、今回は趣向を変えて戦ってみようかな。他人の目を気にせず、多数の格下を相手取れる機会はそんなにないだろうし。

カロンたちを守りながら立ち回る必要はあるが、その辺も十分に何とかなる。よし、やるか。

まずは敵からのヘイトを自分へ集中させる手を打った。精神魔法の【アピール】を四十余のグレーウルフたちに放つ。

この魔法は、魔力量の差によって注目の集約度が変わる代物。オレとグレーウルフたちの魔力量の差は歴然であり、彼らは完全にこちらをロックオンした。カロンとオルカなんて、完全に眼中になくなる。これで、安心して攻撃に専念できるようになった。

敵のヘイトが自分に集まったことを認めたオレは、前方へと駆け出した。オレの動きに反応して、向こうの視線も追ってくる。

足を動かしながら、次の魔法に取りかかる。小手調べに、両手を使って【銃撃(ショット)】を発動した。忙(せわ)しなく左右の人差し指を動かし、魔力の弾丸を発射していく。

以前は、一発撃つだけで魔力を枯渇させてしまう欠陥を抱えていたが、疾(と)うの昔に改善していた。無属性由来の燃費の悪さは健在だけど、威力に応じた魔力消費で済んでいる。今のオレなら、三桁は撃ち出せるだろう。

さらに、別の改良も施していた。

「キリがないな」

銃口が二つでは、四十以上いる敵を一掃するには手間がかかる。現に、倒し切れなかったグレーウルフが目前に迫っていた。

オレは手に持つ短剣で、攻撃を往なす。十倍の【身体強化】に加えて、【先読み】までも発動しているので、敵が何体いようとも、その殺意が届くことはあり得なかった。

クルクルとダンスを踊るように回避しつつ、再び【銃撃】を放つ。しかし、今度は人差し指を構えない。何故なら、そんな無駄は必要ないから。

オレを起点とした周囲二メートル以内の複数個所に、オレより放出された魔力が集約する。数は四十超。それは独りでに銃弾を形作り、次の瞬間にはグレーウルフたちへ向かって発射された。

舞い散る花びらの如く、周囲に展開される四十超の銃弾。いつの間にか敷かれていた魔力のレールに従い、それらは敵の頭すべてに違わず命中した。バチュッと頭蓋と血が弾ける音が響き、続けてドサリとグレーウルフたちの倒れる音が鳴る。

一瞬で決着がついた。もはや、この場に立つ敵対生物は存在しない。

見て分かる通り、オレは【銃撃】をどこからでも、何発でも撃てる風に改良した。魔力で発射口を作ることで、両手を使う必要がなくなった。

また、オートターゲット機能も追加した。対象へ接続した魔力のレールに沿って銃弾が走るんだ。この世界では魔力を感じ取れるヒトが限られているため、悟られる心配はない。ほぼ間違いなく命中するだろう。

自画自賛になってしまうが、【銃撃】よりも強い魔法はほとんどないと思う。何せ、回避はほぼ不可能で、探知と合わせれば超遠距離攻撃もできるんだ。

今のオレに勝つには、持久戦へ持ち込むしかない。膨大な魔力を持つオレに持久戦を仕掛けるのは分の悪い賭けになるとはいえ、それを差し引いても無属性魔法は燃費が悪いからな。

ただ、少し慢心してしまっているものの、満足して停滞はしない。今回は格下だから上手くいったが、強者相手には弾速がまだまだ遅いと思う。せめて、前世の拳銃レベルは欲しいところだった。

それに、やはり接近戦には難が残る。同格以上だと手こずりそうだと感じた。

武の師匠は探しているんだけど、ピンと来るヒトは見つかってないんだよなぁ。シオンは専門外だし、部下の騎士たちだとオレのスタイルに合わない。どうしたものか。

「さすがお兄さま。一瞬で片づけてしまいました！」

「すごい、すごいよ！」

オレが将来の課題に頭を悩ませていると、愛し子(いとご)たちの声が聞こえてきた。見れば、カロンとオルカがピョンピョンと跳ねて喜びを表現している。妖精さんかな？

しばらく感動を全身で表現していた妖精たちは、オレの下へ駆けつけてくる。それから、その勢いのまま抱き着いてきた。

「おっと」

一度に二人の抱擁を受け、思わず声を漏らしてしまったが、尻もちをつく無様はさらさない。【身体強化】は継続していたからな、これくらいは受け止め切れる。

カロンたちと抱擁を交わしたオレは、頬を緩ませながら尋ねた。

「いきなり、どうしたんだ？」

「だって、お兄さまの魔法が、とっても素晴らしかったんですもの！　魔弾が縦横無尽に飛び回るさまは、目を奪われるほどキレイでした！」

「すっごい緻密な魔力操作だった！　あれ、ボクたちにも再現できるかな？」

興奮冷めやらぬ様子で、カロンとオルカは感想を口にしていく。今回の【銃撃（ショット）】は、想像以上に二人の琴線に触れたらしい。

そういえば、今みたいな多段攻撃は見せたことがなかったか。これで兄の面目躍如となったのなら、嬉しい限りだ。

とはいえ、いつまでも抱き合っているわけにもいかない。先程注意したように、ここは森の中で、人類にとっての敵地同然なのだから。

オレは二人の背中を叩きながら諭す。

「感動してくれたのは嬉しいけど、そろそろ離れてくれ。まだ森の中だぞ」

「あっ、申しわけありません」

「ご、ごめんなさい」

バッと離れ、シュンと縮こまるカロンたち。

オレは苦笑しながら告げる。

「そこまで気落ちしなくていいよ。あとで、さっきの魔法の解説をしてあげるから、今はグレーウルフに集中してくれ」

「『はい！』」

明快な返事を認め、オレは血だまりに沈むグレーウルフたちの死体を見る。

「この数をわざわざ捌くのは、手間がかかりすぎるな。他の動物やら魔獣が寄ってくるだろう。【位相隠し】にしまって、ギルドで処理してもらうか」

手数料を取られるが、自分でこの数を扱うよりはマシだ。それに手数料と言っても、そこまで大した額でもないし。

血の臭いがこれ以上広がらないよう、オレは手早く魔力を広げ、四十七あった死体を覆い隠す。【位相隠し】に収納されたグレーウルフは、瞬く間に姿を消した。

それを見届けたカロンが、意気揚々と言う。

「あとは巣に残った数体の敵のみですね！」

「残りは片手で数えられる程度だよね。だったら、ボクたちに戦わせてくれないかな？」

オルカも、彼女のテンションに乗っかる。

ああ、残敵を自分たちで倒したかったのか。それは申しわけないことをしてしまった。

やや後ろめたさを覚えるが、ここで黙っていても直にバレる。オレは素直に事実を伝えた。

「ごめん、もうグレーウルフは残ってないんだ」

「えっ？　ですが、巣に残った個体がいたはずですよね？」

「最初にやった探知では五十以上いて、ここには四十七。最低でも三体は巣にいるはずだよ？」

不思議そうに首を傾げる二人。

うん。確かに、巣に残ったグレーウルフは四体いた。でも、生き残ってはいないんだよ。

「本当に申しわけないんだけど、巣に残ってた敵は、もうすでに処理済みだ。死体を回収するくらいしか、やることは残ってない」

オレの言葉を聞き、カロンとオルカは「え？」って感じで目を丸くしていた。現実を受け止め切れていない模様。

だが、次第に内容を理解したらしく、わなわなと震え始めた。

そして――

「い、いつの間に倒していらしたんですか、お兄さまっ！」

「嘘でしょ!?　ゼクス兄(にい)、ここから一瞬も離れてないじゃん！」

どうやって残敵を掃討したのか理解できず、オレに詰め寄ってきた。可愛い二人がやっても迫力に欠けるんだが、言わぬが花か。

オレはドウドウと両手を振りつつ、事情を説明する。

「さっきと同じ魔法で倒したんだよ。あれ、魔力の届く範囲なら、どこでも発射口を作れるんだ」

探知しないと照準を合わせられないため、射程無限とはいかないけど、発射口を作るだけなら制限はない。魔力が到達できる場所であれば、室内でも海の中でも地の底でも、どこでも【銃撃(ショット)】を発射できた。

今回は敵の巣に複数の発射口を設置し、それを使って残敵を一掃したんだが……ここまで話したら、カロンたちの目が遠くを見始めた。あれは現実逃避をしている瞳だ。

「私、夕食のつまみ食いは二度と行わないと、ここで誓います」

「ぼ、ボクも同じく」

「ぷっ、ふはははははははははははは」

急に懺悔をし始めた二人があまりにも可愛くて、オレは堪え切れずに笑ってしまう。

対し、当人であるカロンとオルカはキョトンと首を傾げた。

本当に、オレの弟妹は可愛い子だ。安心してくれ、二人をスナイプすることなんてないから。

何とも締まらない終わり方だったが、オレたち三人の魔獣狩りは無傷のうちに終了した。

## Section5　内乱

三人での魔獣狩り以降、定期的にカロンとオルカを討伐依頼へ同行させた。そうでもしないと後で駄々をこねられるのもあるけど、やはり実戦に勝る経験値稼ぎは存在しないためだ。

実戦をこなす段階には早いという意見は変わっていない。だが、本人たちのやる気を削いでまで強要するほどでもなかった。同行させる依頼は、不測の事態が発生しても対処できるものを、きちんと選んでいるから。

そんなわけで、オレたち三人は着実に成長していった。まだ狩りを始めてから一ヶ月——回数にして五回程度ではあるが、オレのレベルは40、カロンは30、オルカは27となっている。全員、レベル2から3くらいの上昇量で、魔獣狩り様々の成果だった。訓練だけでは、この短期間でレベル1さえ上がらないもの。

今日も狩りを終え、オレたちは領城へ帰還した。レベルこそ上がらなかったものの、カロンとオルカの経験値はしっかり蓄えられている。

「ん？」

城門を前にして、何やら違和感を覚えた。城の中が騒がしいのか？

足を止めて訝しんでいると、カロンが心配そうに尋ねてくる。

「どうかしましたか、お兄さま？」

「いや……何でもないよ」

彼女は気づいていないらしい。気のせいかとも考えたけど、確かに騒動の予感があった。

それに、チラリとオルカを見れば、緊張した様子で黙り込んでいる。感知能力の高い彼は、中の異常を捉えているようだった。

厄介な事態が発生したみたいだな。

陰鬱になりそうな気分を抑え、オレは歩くのを再開する。そのまま門番に声をかけ、緊張した面持ちで城へと帰った。

領城の内部に入って間を置かず、険しい表情のシオンが駆けてきた。途中で転びシリアスをぶち壊すのは止めてほしいが、とても慌てた様子で傍に寄ってくる。

「ゼクスさま。今、そちらに伝令を送るところでした！」

いよいよ、悪い情報が舞い込んできたのだと確信する。

ドジッ娘のシオンだが、外面だけはクールな美女を装うのが上手い。そんな彼女が冷徹の仮面を壊すのは、切羽詰まった事態に陥った時のみ。

オレは彼女に事情を尋ねようと口を開きかけ、ふと背後の二人の存在を思い出す。可愛い弟妹たちに、不穏な情報を教える必要はないだろう。

「二人とも、自室に戻っていてほしい」

「ゼクスさま、今回はお二方もお聞きになった方がよろしいかと……」

オレがカロンたちに指示を出すと、それとは反対の意見をシオンが促してきた。しかも、ほぼ間髪容れずのタイミングだった。できるメイドを努める彼女にとって珍しい行動だ。

怪訝に思い、シオンの表情を窺う。そして、理解した。彼女の視線は、チラチラと一人へ向かっている。その所作だけで、どんな事件が発生したのか予想できてしまった。

オレの推測が正しいのなら、シオンの提案は納得できるものだ。しかし、本当に話しても良いものか。彼にとっては、かなり衝撃的な内容なんだが。

二人にも伝えるべきか否かで悩んでいると、服の袖が引っ張られたのを感じる。見れば、オルカが傍に立っていた。

「ゼクス兄、ボクは大丈夫だから」

消え入りそうな声だった。まるで、何が起きているのか把握しているような――

「もしかして……」

ハッと感づき、彼の頭頂部に目を向けた。そこには、赤茶の狐耳がピコピコと揺れていた。

オレは額に片手を当てる。

失念していた。獣人は人間よりも五感が鋭い。それこそ、魔法なしでも斥候が務まるくらいに。

たぶん、領城の誰かが話していた事件の内容を、自前の聴覚で聞いてしまったんだろう。さっきから黙りこくっていたのも、それが原因だな。耳を澄ましていたんだ。

どうしようもない失態だ。部下ではなく自分の。獣人族のスペックは事前に知っていたはずなのに、その辺の注意を使用人たちへ促すのを怠っていた。

頭を抱えたい気分だけど、今やるべきことではない。オルカの反応からして、オレの予想は確定された。であれば、急いで行動に移さなくてはいけない。

「話せ」

手短に、シオンへ命令を下す。

それを受け、彼女は「ハッ」と応対した。

「聖王国の北東地方において、貴族同士の抗争が勃発しました。仕掛けたのはフワンソール伯爵と寄子四家。襲撃を受けたのはガルバウダ伯爵と寄子三家、加えて同盟関係の伯爵一家でございます」

「ガルバウダって……」

シオンの報告を聞いたカロンが絶句する。彼女の視線は、オルカへと向いていた。

そう。ガルバウダ伯爵の寄子に、オルカの実家——ビャクダイ男爵家が含まれているんだ。

今回の内乱は、間違いなく原作で語られていたものと同じ。聖王国内の種族間に、大きな亀裂を生む事件だった。

経緯は単純。一神派のフワンソール家は、数代前よりガルバウダ家が気に食わなかった。いつか滅ぼしてやろうと憎念を抱くほどに。それが今、長い謀略の果てに実行へ移されたわけだ。

原作では、フワンソール側の大勝で幕を下ろす。ガルバウダ側の貴族は全員、殺されるか奴隷に流されるかされ、抵抗した領民も惨殺される。血も涙もない戦いとなるんだ。

この戦いは、オルカと他数名のキャラにも影響を与えるんだが、それは置いておこう。

――問題は、オレが内乱に関わるべきか否か。

念のために、情報を得られるよう諜報員を潜ませていたが、直接介入するかは未だ悩んでいる。

正直、オレの目標であるカロンの死を回避することに、内乱の結末はあまり関係ない。様々な憎悪が貴族へ向けられることにはなるが、カロン単体が恨まれるわけではないんだ。

加えて、今回の件に介入すると、一神派の連中に目をつけられる。末子のオルカを養子に入れる程度なら見逃してくれたけど、直接の助力は完全に敵対行為と認識されるだろう。

それは美味しくない展開だった。光属性持ちのカロンは、ただでさえ狙われやすい。だのに、二大派閥の片割れである一神派にも狙われては、もはや周囲は敵だらけだ。どっちつかずの現状が一番やりやすい。

実利を考えれば、何も悩むことはない。フォラナーダは聖王国南西にあり、まさに対岸の火事なんだから。

それでも、こうして悩み続けているのは、オルカの存在が大きかった。この一年で大切な家族となった彼の心情を慮れば、彼の実の家族を救う手助けをしたく思う。

実利と感情で揺れる。どちらもオレの中では大切で、即断できるものではなかった。

「ゼクス兄、気にしないでいいよ。フォラナーダがビャクダイに、援助する必要はないから」

オレの葛藤を悟ってか、オルカがそう言葉を溢した。

そんな彼に食ってかかったのは、他でもないカロンだった。

「良いわけありませんよ！　あなたの家族が死ぬかもしれないのですよ。どうして、援助はいらないと仰ってしまうのですか！」

「いいんだよ。こうなることは、お父さまやお兄さまと事前に話し合ってたから……覚悟してた」

寂しさを含んだ笑顔を見せるオルカに、その場の全員が息を呑んだ。

やっぱり、覚悟のうえでの養子だったか。

予想はしていた。そんな気配も感じられた。でも、本人の口から直接聞くと、衝撃が大きかった。

ここまで言われてしまったら、オレの行動は決まってくる。

「シオン。諜報の者には、引き続き情報収集に徹しろと言え。必要以上の干渉は厳禁だ」

「よろしいのですか？」

「……ああ」

「承知いたしました」

オレの命令を受け、シオンは静々と去っていく。

残されたオレたち兄妹の空気は、とても重かった。

内乱の知らせを聞いた夜。自室のベッドに寝転び、オレは懊悩していた。

ビャクダイ家への決断は、あれで良かったんだろうか。もっと最適な答えがあったんではないか。

そういった思考がループする。

無論、フォラナーダの利益や合理性、将来のカロンのことを考えれば、手を出さないのが正しいに決まっている。オルカも覚悟を決めていたと納得しているんだから、これ以上の異論を挟む余地はないはずだった。

それでも悩んでしまうのは、オルカの力のない笑みが、脳裏より離れないためだ。あの顔を思い出す度に、胸の奥に強い引っかかりを覚えてしまう。どうしても、すんなりと次へ踏み出す気力が起きなかった。

とはいえ、彼の憂いを払拭するには、フォラナーダ家が内乱に直接介入する他ない。

用意周到に内乱の準備を進めてきたフワンソール伯爵陣営を出し抜くのは、とてもじゃないが、なし得ないことだった。よって、いくら隠蔽の努力をしようとも、こちらの介入はいずれ発覚する。

そうなれば、いくつもの不利益を被ってしまう。

いくら考えても堂々巡りだった。あちらを立てれば、こちらが立たない。当然のことだけど、実際にその状況へ陥ると遣る瀬ないものだ。

結論の出ない考察を続ける中、大きく息を吐く。

「何を悩んでるんだ。ずっと前から分かってたことじゃないか」

今回の内乱は原作通りの流れ。つまり、前もって知っていたことだ。

この世界が原作ゲームに酷似していると判明してから、内乱にはノータッチで通すと決めていた。オルカが悲しもうと、彼の家族を見捨てる気でいたんだ。それを今さら、『想定よりも彼との仲を深めすぎて罪悪感を覚えるから』なんて理由で翻意するのは虫が良すぎる。

最初から、内乱に介入するつもりで動けば良かったたって？

——考えたことはある。今のフォラナーダなら、多少の難事は払いのけられるだろう。一神派の妨害を受けても、きちんと対処できる自信もあった。敵がおおむね想定通りに動くのであれば、内乱へ介入しても何ら問題はない。その程度の備えは整っている。

でも、万が一の可能性だって存在した。その万が一のせいで、カロンが害されるかもしれない。そんな想像をしてしまうと、要らぬ危険へ首を突っ込む気力は湧かなかった。臆病のそしりを受けようと、目の前で最愛を取り溢す後悔だけは、二度と味わいたくないんだよ……。

そうだ、頭では決断できている。オレに救える命には限りがあると理解できている。

だが、感情が上手く制御できなかった。精神的には良い大人だっていうのに、この体たらく。自分の情けなさが嫌になってくる。物語の万能主人公なら、こんなにもウジウジしないというのに。

コンコン。

眠れずにベッドを転げ回っていたところ、部屋のドアがノックされた。

オレは動きを止め、扉の方を注視する。しかし、一向にノック以外の変化は起きなかった。

おかしい。夜番のメイドであるなら、ノックの後に声をかけてくるはずだ。

侵入者の可能性が頭をかすめる——が、それこそあり得ないだろう。不届き者ならば、わざわざ自分の存在を知らせないし、囮(おとり)だとしても、その後の動きがないのは不自然すぎる。

よって、侵入者の線は消えた。メイドでもないとなれば、残された選択肢は限られている。

「カロン、どうかしたのか？」

夜遅くにオレの部屋を訪ねてくる人物は、カロンとオルカくらいのもの。残るは二択だったが、そこは勘で導き出した。

はたして、オレの直感は正しかったのか。

「「…………」」

無音が続く。誰も口を開くことなく、静寂のみが流れる。

だが、それは長く続かなかった。

「……お兄さま。入室しても、よろしいでしょうか？」

ためらいを含んだ、カロンの声が聞こえてきた。どうやら、勘は当たっていたらしい。

オレはベッドから起き上がり、自らの手で扉を開ける。

すると、目の前には寝間着姿のカロンが、うつむき気味に立っていた。すぐ傍には夜番のメイドがおり、こちらに黙礼してくる。

「とりあえず、中に入ってくれ」

「はい」

カロンを促し、部屋に入れる。

これが年頃の男女ならメイドに止められただろうけど、オレたちは七歳の子ども。雰囲気が暗かったこともあり、特に注意は受けなかった。

カロンへ椅子に座るよう勧めてから、オレも対面の席に着く。それから、もう一度問うた。

「どうかしたのか？」

「……」

対し、彼女はうつむいたまま無言。入室時と同様の躊躇（ちゅうちょ）が、彼女からは感じられた。

非常に珍しいことだった。いつものカロンなら、オレの問いかけには即座に応じている。このように躊躇（ためら）う場面なんて、記憶にある限りだと存在しなかった。

だが、ずっと沈黙しているわけにはいかないと、カロンも自覚しているみたいだった。彼女は幾度か深呼吸を繰り返すと、おもむろに言葉を発し始めた。

「……オルカの実家、ビャクダイ男爵家の件でお話があります」

「だろうね」

彼女が躊躇う直近の話題といえば、かの内乱のこと以外はあり得ないだろう。

　オレは適度に相槌（あいづち）を打ちつつ、カロンの言葉に耳を傾けた。

「此度（こたび）の内乱に、援軍を送ることは叶（かな）いませんか？　お兄さまの決定に否を申し上げるのは大変心苦しいのですが、どうしても今回ばかりは納得し切れないのです」

　そう語るカロンは、肩を震わせていた。膝の上に置いた両こぶしを、強く握り締めてもいる。

「私（わたくし）は悔しいのです。オルカにあのような表情をさせてしまうことが。つらくて、悲しくて、苦しくて仕方がないと心で嘆いているのに、それらを抑え込んで無理やり笑んでいる彼を、見てはいられないのです」

　沈痛な面持ちで心情を吐露するカロン。

　気持ちは理解できるし、共感もできる。オレだって、叶うことならオルカの悩みを払拭してあげたい。先程まで、そのことで悩んでもいた。

　しかし、貴族社会はそう甘くはないんだ。

「ここで感情に任せた行動をすれば、フォラナーダ家の味方は僅かしか残らないだろう。隣領でさえ怪しい。オルカの実家へ戦を吹っかけた貴族の派閥は、それほど強大なんだよ」

　しかも、諜報員が持ち込んだ情報によると、フワンソール側の根回しは完璧。この内乱がどう転ぼうとも、かの陣営はお咎（とが）めを受けない。だからこそ、堂々と内乱を起こしたんだと今さら思う。

　もはや、ガルバウダ伯爵の陣営は詰んでいた。奇跡的に生き延びたとしても、元の地位に収まることは不可能。いくら足掻（あが）いても無駄なんだ。

そのような無謀の地に飛び込む決断はできない。オレには、最優先で守るべきものがあるんだから。カロンを目前にして、その意志は強くなった。

「「…………」」

お互いに一歩も譲らず、オレたちは無言で見つめ合う。

そういえば、こうして兄妹で対立するのは初めての経験だ。カロンが周囲から影響を受けて成長しているという証左なんだろうけど、状況が状況だけに素直に喜べなかった。もっと別のことで成長を実感したかったよ。

沈黙の末、ふとカロンが呟(つぶや)く。

「お兄さまは、以前に仰いましたよね」

「何を？」

急な話題の振り方に、オレは怪訝な面持ちで問い返した。

彼女は落ち着いた様子で続ける。

「私(わたくし)が初めて城の外に出た日の帰り道。はしゃぎすぎて疲れ果ててしまった私(わたくし)は、恥ずかしながら、お兄さまに背負っていただいて帰参しました」

「そんなこともあったな」

よく覚えていたなと感心しながらも、記憶を想起する。確かに、彼女の言った出来事は存在した。

だが、それが今までの話と、どうやって繋(つな)がるのか。疑問が深まるばかりだったが、カロンは構わずに言葉を紡ぐ。

「あの時の私は、申しわけない気持ちでいっぱいでした。私が至らないばかりに、尊敬するお兄さまのお手をわずらわせてしまったのですから。申しわけなくて、申しわけなくて。何度もお詫び申し上げたと思います」

「そうだな。だけど、オレは――」

「――そう。お兄さまは仰いました。『仲の良い兄妹は支え合うもの』だと」

「……」

オレは息を詰まらせる。彼女が何を示したいのか理解してしまったために、言葉が続かなかった。

次に出てくるセリフは察しがつく。それを言われてしまえば、オレは決断を翻すしかなくなる。

だが、それを止める術も、気力も、オレの中には存在しなかった。

カロンは想像通りの言葉を吐いた。

「私とお兄さまとオルカ。私たち三人は、『仲の良い兄妹』ではないのでしょうか？　もし、その通りであれば、悩み苦しんでいる彼を、私とお兄さまで支えるべきではないでしょうか」

「……カロンの言う通りだ」

反論はない。できるわけがない。それを否定すれば、オレはカロンへ嘘を吐いたことになる。カロンは今後、オレを頼ろうとしなくなる。結果、彼女が死ぬ可能性が高くなる。それだけは絶対に避けたい結末だった。

そして、思い出したんだ。昔、オレはオルカへ『三人だけの兄妹なんだから、オレたちはオルカの味方だ』と発言したことがある。当時は、オルカとの仲を改善したい一心ではあったが、そこに偽りはなかった。本心から彼の味方であると語った。

であるなら、今のオレの決断は、どうしようもない裏切り行為に違いない。

まさに、カロンの言葉が正しい。仲の良い兄妹同士、お互いに支え合って当然だ。実利とか敵を増やすとか、そういう問題への対処は後で考えれば良い。今はただ、もっとも義弟のタメになる決断を下すべきだ。それを為せる力も持っているんだし。

それに、目の奥に涙を溜めて訴えてくるカロンを目の当たりにして、ふと考えてしまったんだ。彼女にこんな悲しげな顔をさせる未来なんて、目指す意味があるんだろうかと。

たとえカロンの死の運命を打破しても、彼女が笑っていなければ意味がないと思えた。無論、命を守ることが最優先ではあるけど、併せて孤独にさせない努力も必要だと強く感じた。

オレは一つ深呼吸してから、カロンへ頬笑みかける。

「まさか、カロンに諭されるとは……。成長したな、兄として誇らしいよ」

「ッ！　お兄さまの妹なのですから当然です！」

こちらの翻意を悟ったよう。驚いた表情を浮かべたカロンは慌てて涙を拭い、えっへんと胸を張った。大変愛らしい。

本当に、カロンは素晴らしい人間へと成長している。貴族としては落第なんだろうが、ヒトとして大事なものをしっかり理解していた。

自らの不利益を厭わずに他者の幸せを願う姿は、まさしく聖女のように映る。

我が愛しの妹をこれでもかと褒めながら、オレは出入り口前に控えているメイドを呼び出す。

「重役たちを集めろ。これよりビャクダイ男爵および、その家族の救出作戦会議を行う。事態は一刻を争う。急いで集めるんだ」

「は、はい！」

面食らった表情をするメイドだったが、領城勤務だけあって優秀だった模様。すぐさま部屋から退室していった。

「これから忙しくなるぞ」

「オルカのためです。頑張りましょう！」

オレの軽口に、カロンは気合十分だと応える。

両こぶしを掲げるその姿は、天使のように可愛かった。

夜遅くに招集したにもかかわらず、作戦会議は三十分と置かずに始まった。今日の残業届は一通も提出されていなかったはずだが、はて？

オレが会議室の面々を訝しげに見ていると、一同を代表して、家令のセワスチャンが口を開いた。

「恐れながら、ゼクスさま方なら必ず援軍を出すはずだと、我々は予想していたのです」

慇懃に語る彼の声音には、どこか温かみが感じられた。見れば、他の皆も柔らかい笑みを浮かべている。

何とも言えない照れくささがあった。

オレは眉根を寄せ、あらぬ方向へ視線を逸らす。

「何故だ？　すでにオレの決定は伝えてたし、どう考えても援軍を出すメリットはないぞ」

「尊い立場でお考えになるのでしたら、先刻のゼクスさまの決断が正しいのでしょう。しかし、我々は日頃のゼクスさまとカロラインさまを存じております。身内への情に厚いお二方が、オルカさまのご実家の危急を捨て置くとは思えませんでした」

「弟妹のお二方を、心底可愛がっておられるゼクスさまですからね」

「必ずやオルカさまのお心が救われる決定をなされると、信じておりました」

「いつも突拍子のない行動をなすお方が、ここで妥当な守りに入るとは考えられません」

セワスチャンから始まり、集まった部下たちが思い思いの発言をする。どれもこれも遠慮ない内容で、仕える貴族へ向けたとは考えられない言葉の数々だ。要するに、オレのことを『シスコン&ブラコンかつ常識外れ』だと評しているんだから。

でも、すべて親愛に溢れていた。そんなアナタだから仕えているんだと、言外に伝えようとしているのが分かる。

オレがフォラナーダの実権を握った当初――いや、それ以前でも、ここまでの親密さを向けてくれる彼らではなかった。カロンの教育をオレが行おうと決意したように、真逆の印象の人々だった。

それが変化したのは、この数年の努力の結果なんだと思う。カロンを守るため、必死に政務や訓練に努め、部下たちとのコミュニケーションを頑張ったからこそ、彼らと打ち解けられたんだ。

部下たちが信頼に足る人材に育ってくれたこと。そして、長年の努力がちゃんと実を結んでいること。それらを実感し、胸が熱くなる。彼らとならば、内乱に介入した後の問題も、何とか乗り越えられるかもしれない。

正直、一抹の不安を拭えていなかったオレだが、今は違った。確かな希望を見出せていた。

ククッと笑声を溢す。

「好き放題言ってくれる。それなら、キミらの望む通り、破天荒な作戦を立ててやろうじゃないか」

その後の作戦会議が大いに紛糾したのは、言うまでもなかった。

会議が終わり、部下たちが各々の役割を果たすために散っていく。

そんな中、オレはシオンに声をかけていた。彼女だけを連れ、人目につく心配のない場所——オレの私室へ移動する。

部屋の扉を閉め、周辺に聞き耳を立てている者がいないのを確認するや否や、オレは話し始めた。

「カロンの光魔法の情報、王宮へ流していいぞ」

「へ？」

シオンは呆(ほう)けた声を上げた。

無理もないか。今まで黙っていろと脅していたのに、急に真逆の命令を下したんだから。彼女からしてみれば、かなり突拍子のない話題だっただろう。

「えーと……いったい、どういうことなのでしょうか？」

案の定、意味が分からないといった様子で、シオンは尋ねてくる。

オレは順序立てて説明することにした。

「ビャクダイ男爵への援軍。その作戦内容は頭に入ってるよな」

「はい。私もゼクスさまのお傍で会議を聞いておりましたので」

「よろしい。今回の援軍は、かなりシビアなスケジュールになってる。すでに内乱は始まってるのに、フォラナーダ伯爵領からビャクダイ男爵領まで、通常なら馬車で一ヶ月はかかるからな。全力で行軍しても、ビャクダイ男爵家が無事か怪しいところだ」

「ゆえに、カロラインさまをお連れするのですよね」

「その通りだ。カロンの光魔法が、今回の作戦の肝となる」

そう。内乱の援軍には、カロンが参戦する。

というのも、前述したように、普通に援軍を送っても間に合うか怪しいため、彼女の光魔法を利用して、その常識を覆す作戦なんだ。

光魔法は回復系に特化している。その中には【疲労回復(フルエナジー)】や【体力増強(タフネス)】という術式もあった。それらを用いれば、止まることなく馬を走らせることができ、大幅に時間短縮できるわけである。

また、戦にはケガ人が付きもの。彼女の回復魔法は、確実に必要となる。

この二点とカロン本人のやる気により、オレは彼女の同行を了承した。

本当は連れて行きたくはない。ヒトの死が普遍的に存在する戦場、残虐な戦いが繰り広げられていると分かり切っている場所なんだ。そんなところへ、好き好んで最愛の妹を行かせたくはない。

しかし、血涙は飲み込んだ。今後の一神派の妨害を考慮すれば、カロンは前線に出た方が良い流れになる。

もちろん、彼女に危険が及ばないよう、オレやフォラナーダ騎士団の精鋭が護衛する。精神的負担が大きい場合も、精神魔法で整える。アフターケアを怠るつもりはなかった。

カロンの必要性を説いたところで、話を戻そう。

「内乱への援助において、カロンはかなり活躍するだろう。その結果、彼女が光魔法を発動できる事実は公になる。そもそも、隠すつもりもない」

「ああ。だから、王宮へ伝えても良いと……」

ようやくシオンは理解を示した。

彼女の様子を認めつつ、話を続ける。

「どっちにしろ、カロンのことは周知の事実になるんだ。それが少し早まるだけだから、何の問題もない。シオンも、得た情報を黙っていたなんて、向こう側に知られたくないだろう。『義兄の実家の危急に奮起し、光魔法の行使が可能になった』とでも脚色すればいいよ」

「その通りですが……」

シオンにとっては美味しい話のはずだが、何故か釈然としない表情を浮かべていた。

何が引っかかっているんだ？

オレは首を傾げ、彼女に促す。

「何か疑念があるなら、遠慮せずに訊いてくれ。些細なすれ違いが、のちの問題を生む可能性だってあるんだ」

「えーっと」

シオンは、言葉にするのを躊躇しているようだった。

そんなに言いづらい内容なのか？　まったく心当たりがないんだけど。

シオンの態度に困惑しながらも、オレは彼女が口を開くのを待った。焦っても事態は好転しない。

一分後。心の整理がついたようで、シオンはゆっくり話し始めた。

「どうして、私の事情を考慮してくださるのでしょうか？」

「うん？」

イマイチ意図が摑めず、小首を傾げる。

その態度で、彼女も言葉が足りないと理解したようだ。手をワタワタさせつつ、改めて語る。

「私の王宮での立場は、ゼクスさまには関わり合いのない話のはずです。カロラインさまの情報を流さなかったせいで私が王宮より糾弾されようと、ゼクスさまには何の痛痒もありません。それなのに、どうして配慮してくださるのでしょう？」

「なるほど、そういうことね」

やっと得心がいった。

確かに、シオンが王宮側から何をされようと、オレには全然ダメージはない。多少警戒されるかもしれないが、彼女は初任務だし、現状のフォラナーダは甘く見られている。彼女の不手際ということで処理される可能性が高いだろう。

つまり、オレにシオンを手助けする理由は存在しないわけだ。むしろ、助けない方が利益になるくらいか。いくらカロンの事実が公になるとしても、ギリギリまで秘密にしておいた方が、余計な茶々を入れられずに済むのだから。

「何て言ったらいいかな……」

回答は決まっていた。それを、どのようにシオンへ伝えるべきか、思考を巡らせる。

「シオンは信用に足る部下だと、オレは考えてる。だから、キミの不利益にならないようにしたかった。それが答えかな」

過去に脅しておいて言える言葉ではないのは承知しているが、この表現が適切だろう。

協力関係を結んでから約四年。その月日で彼女の為人を知り、信用できると判断したんだ。かつての盗賊狩りの時みたいに、オレを始末できるタイミングを見逃していたことも大きい。

対してシオンは、鳩が豆鉄砲を食ったような表情を浮かべていた。まさかの返しだった模様。

オレの言葉をゆっくり咀嚼して、彼女は口を開く。

「信用できるって、本気ですか？　私はスパイなのですよ」

「二言はないよ」

「……」

即答すると、またもや絶句してしまった。オレの返答は、驚きの連続らしい。

シオンは頭痛でも起こしたのか、眉間をグリグリと指で押さえる。

「無礼を承知で申し上げますが、ゼクスさまは相当の変わり者でございますね」

「よく言われる。作戦会議でも言われたばっかりだ」

毒を吐くように語るシオンだったが、オレは笑顔で返してやった。

「はぁ」

すると、シオンは溜息を吐き、その場で優雅に一礼する。

「恩情をかけてくださり、誠にありがとうございます。このご恩は、決して忘れはいたしません」

「大袈裟な気はするけど、感謝は受け取るよ。ほら、時間もないし、動いた方がいいんじゃないか？」

オレは苦笑いし、もう自由にして良いと促す。

それを受け、シオンは再び一礼してから、部屋から退室していった。

自室に一人残ったオレは、密かに溜息を吐く。

「とりあえず、シオンへの処遇は、これでいいかな」

いつまでも脅迫関係だけでは亀裂が生まれると考えていたゆえに、こちらの信用を打ち明けた。

彼女はスパイとは思えないほど甘い。それこそ、転職を勧めたいくらい。そんな彼女なら、オレが信用していると伝えれば、きっと心を寄せ始める。利害関係は、いつか信頼し合う関係に変わる。

打算に塗れていて申しわけないが、これもオレとカロンの未来のため。信用しているのは嘘ではないので、多少の詭弁は許してほしい。

自分の腹黒い部分に嫌気を感じつつも、オレはベッドに寝転がった。もう夜明けも近いが、朝になれば忙しくなる。少しでも睡眠時間を確保しておくべきだろう。

思った以上に疲労が溜まっていたらしく、数十秒でオレは夢の世界へと旅立った。

○●○●○

起きた時には、準備はほとんど整っていた。増援に送られる騎士団の精鋭十名はすでに待機中。支援物資も荷馬車へ積み込み済み。オレが不在中のフォラナーダ領運営の実案も提出されていた。残るのは微調整のみで、それも午前中には終わるはず。お昼直後くらいには出発できるだろう。

「ふぁああ」

オレはアクビを噛み殺しながら、出立前の朝食を取るために食堂へ向かう。時間の余裕はあまりないので、提出された書類に目を通しながら歩く。

前世にて鍛えた速読術は便利なもので、食堂の席に座る頃には、厚さ数センチはあった紙束を読了した。これといって訂正する箇所はなかった。部下が優秀なお陰だ。

着席すると、すぐさま朝食が運ばれてくる。昨夜の時点で食事の時間は伝えていたため、待ち時間はほぼゼロだった。

それと同時に、カロンが入室してくる。彼女はスケジュールを調整し、必ず食事の時間をオレと合わせているんだ。

「おはようございます、お兄さま」

「おはよう」

いつもは天真爛漫（てんしんらんまん）に挨拶をしてくれるカロンだが、今朝は些（いささ）か快活さが陰っていた。おそらく、昨晩は遅くまで会議に参加していたせいで眠いんだと思う。アクビはしていないものの、目をパチパチと何度も瞬かせているし。ちゃんと起床できただけ偉い。

カロンの朝食も、彼女の着席とともに用意される。それから、二人で食事を始めた。

まだオルカの姿が見えていないけど、彼の場合、一緒に朝食を取ることは稀（まれ）だった。というより、朝食自体を抜くことが多い。何故なら、オルカはとても朝が弱かったからだ。低血圧気味らしく、どうにも朝は頭が回らないんだとか。

寝る時間が遅めだったため、オレたちの朝食の時間も普段より遅かったけど、オルカが食堂に足を運ぶのは昼頃になるだろう。

そういうわけで、オレとカロンは二人っきりで食事を楽しんでいたんだが——

「どういうこと、ゼクス兄（にい）ッ！」

あと二時間は顔を出さないと思われていたオルカが、ものすごい勢いで食堂へと突入してきた。彼は興奮冷めやらぬといった様子で、オレの下へ詰め寄ってくる。こちらの両肩を摑み、このままではキスしてしまうくらいの距離まで顔を近づけてきた。

いくら愛らしい容姿をしているとはいえ、義弟とキスするのは不味すぎる。オレはオルカとの間に両手を挟み、落ち着くよう説得を試みた。

「近い近い。まずは落ち着いてくれ。話はそれからだ」

「そんな場合じゃないよ！　先に説明して！」

ところが、彼に聞く耳はなかった。オレの言葉は一切耳に入っていないみたいで、グイグイと体を寄せてくる。

うわっ、今唇が微かに触れなかったか？　やばいやばい！

無理やり引きはがすことも可能なんだけど、これほど興奮状態のオルカに行うと、ケガをさせてしまう危険性がある。どちらを優先するかで対応は変わるが……考えている暇は残されていない。

いよいよ限界か。そう思われた時、不意にオレへかかっていた力が弱まった。

何事かと視線を巡らせると、オルカの背後にカロンが立っていた。彼女は彼の腰に手を回し、オレから引きはがそうと懸命に引っ張っている。

そうだよ、カロンや使用人たちに助けを求めれば良かったんだ。思っていた以上に、オレも混乱していたらしい。

二人分の力があれば、オルカにケガをさせず処置できる。オレはカロンと連携し、何とか彼の引きはがしに成功する。

その後、怒髪天を衝く勢いでカロンがオルカへ説教を始めて悶着したが、ようやく落ち着きを取り戻した。

オルカが冷静になったところで、オレは目の前で正座する——カロンがやらせた——彼へ問う。

「いったい、何があったんだ？」

まぁ、原因の察しはついているんだけど、一応本人の口から聞いておきたい。

すると、彼はポツポツと起床後の流れを説きだした。

「ボクが起きたのは、ついさっきだったんだ。ほら、昨日は色々あったから寝つきが悪くて……。それで、朝の仕度をしてた時、使用人の一人に言われたんだよ。午後一番でビャクダイ男爵領へ向かうから、きっちり準備しようって。何のことか分からなくて訊き返したら、ゼクス兄が救援を出すことに決めたって言うから……ッ」

「驚きすぎて、さっきみたいな行動をしちゃったと？」

「うん」

オルカは羞恥で頬を染めながら頷く。

絵面の破壊力が抜群すぎる。男とは思えない。見た目は完全に美少女のそれだ。妹がダントツであるのは間違いないが、オルカも追随できる可愛らしさだった。どうして男なんだろうか。

……って、そんなこと考えている場合ではない。

オレは惑いかけた思考を、頭を振って元に戻す。

「……使用人の話って本当なの？」

ためらい気味に、オルカが尋ねてきた。

その声音には不安と期待が込められている。今にも縋りつきたい執着が見え隠れしていた。

やはり、事前に覚悟を決めたといっても、実の家族の助かる見込みがあるのなら、手を伸べたいようだ。当然か、彼はまだ七歳の子どもなんだから。

オレはオルカが不安を拭い去れるよう、精いっぱいの笑顔と優しい声で応対するよう努めた。

「本当だよ。オレたちはビャクダイ男爵家の人たちを助けに行く。オルカも一緒にな」

「ぼ、ボクも？」

まさか自分も同行するとは考えていなかった模様。彼は目を見開いた。

オレとしても、心情的には連れて行きたくなかった。だが、現地で顔が利くオルカがいると便利なんだ。

何より、援軍の話をすれば、本人が同行を強く希望することは目に見えていた。無理に抑えて勝手に行動されるよりも、手元に置いておいた方が管理しやすい。

最初こそ理解の及んでいなかったオルカだが、徐々に状況を把握したらしい。瞳をキラキラと輝かせ、勢い良く立ち上がった。

「出立の準備をしてくる！」

「分かった。出発予定時刻は、三時間後の午後一時だ。それまでに荷物をまとめておけよ」

「うん！」

小気味良い返事をし、オルカは食堂から出ていく。

その背中に、昨日までの悲壮感は映っていなかった。彼の心配は、もういらないだろう。

「まったく、世話が焼けますね」

オレが内心で安堵していると、カロンが嘆息した。どうやら、オルカの慌ただしさに呆れているみたいだった。

彼女の態度を見たオレは、思わず笑声を溢す。

「ふふふ」

「な、何かおかしかったでしょうか？」

「いや、何も」

カロンが動揺しつつ尋ねてくるけど、オレは首を横に振ってシラを切った。

ただ、浮かんだ笑みは消し切れていない。そのせいで、カロンは訝しげな視線を向け続けている。

でも、許してほしい。今でこそヤレヤレと肩を竦めているカロンだが、今回の騒動で一番精力的に動いたのは、他でもない彼女なんだから。

カロンはオルカを誰よりも心配し、オレに動くよう説得した。それだけではない。みんな語らないが、部下たちにも何か伝えていたんだと思う。たぶん、『お兄さまは、きっとオルカのために行動を起こします』といった示唆をしたんじゃないかな。

妹がここまで他人を想えるようになって、オレはとても嬉しい。カロンの成長を実感できることが、喜ばしくて堪らなかった。

○●○●○

オレたちは、予定通りの時刻にフォラナーダの城を出た。オレたち三兄妹と世話役のシオン、騎士団の精鋭十名という限られた人数で行く。

とてもではないが護衛の人数は足りていない。世話係も、シオンだけでは負担が大きいだろう。それでも、移動速度を考慮すれば、これ以上は同行メンバーを増やすわけにはいかなかった。

まぁ、前者に限っては問題ないと思う。後者は——せめてオレくらいは、身の回りのことは自分でこなそう。貴族とはいえ前世の知識があるので、そう難しくはない。

道中は、ほぼノンストップで進む。騎士や馬たちの疲労をカロンの魔法で取り除くため、彼らの足が潰れる心配はいらなかった。

加えて、オレが全員の強化を行った。

【魔纏（まてん）】は道具を対象とする魔法だが、生物に施せないわけではない。【身体強化】と同じ『少し加減を間違えただけで自傷する』というデメリットのせいで、ヒトや動物に対して使われていなかっただけだ。オレには当てはまらない。無論、万が一を考慮して、余裕を持たせて強化するけど。

おおよそ八倍の強化を受けたお陰で、オレたちの行軍は爆速だった。乗り込んでいる面々は、目を丸くしている。

無理もない。本来は時速七、八キロメートル——頑張っても十数キロ——の馬車が、自動車で高速道路でも走っているかのような速さを生み出しているんだ。この世界の人間からすれば、異次元の速度だろう。

ちなみに、馬車本体の耐久性や道の悪さなどの心配はいらない。その辺も含めて強化している。

だいたい時速八十キロメートル以上は出ているはずだから、順調に行けば二十数時間で走破できる。馬車で一ヶ月が一日程度に抑えられるなんて、魔法の偉大さを実感するよ。

精神魔法や光魔法を駆使して夜通し走らせる予定なので、多少の休憩を挟んだとしても、明日の昼には到着できる。

内乱の報を受けてから二日、これほどの迅速さなら間に合うはずだ。最低でも、領主であるビャクダイ家の面々は救えるだろう。

でも、何か嫌な予感がする。言い知れぬ悪寒と言うべきか。この内乱は一筋縄では済まないような……そんな気配を感じた。


出発した翌日。ちょうど二十四時間経過した辺りで、オレたちはビャクダイ男爵領へ足を踏み入れた。

「これは……」

「うぅ」

オレの両隣にいるカロンとオルカが、ともに絶句している。

何故なら、目前の景色が凄惨さを極めていたためだ。

ビャクダイ男爵領は四つの村より形成されており、今はその最南端の村へ足を踏み入れたわけだけど、そこは血の海に沈んでいた。生き残りは一人もいない。全員が、凄絶な最期を遂げたと言わんばかりの表情で事切れている。建物も壊されているか、燃やされていた。

正直、普通の七歳児である二人に見せる光景ではない。

だが、オレは隠さなかった。二人とも、こうなる可能性も覚悟していただろうし、あまり過保護にしていては成長に繋がらない。きちんと現実とは向き合わせるべきだ。

まぁ、こんな無茶をできるのは、精神魔法での調律という保険があるためなんだけどな。

とはいえ、オレの知るカロンとオルカであれば、ここで心折れるほど軟弱ではないと思う。

実際、オレの予想は当たっていた。

「先を急ぎましょう。本当はちゃんと埋葬をしてあげたいのですが、今は時間が惜しいですもの」

「うん。この先には、まだ生き残ってるヒトたちがいるかもしれない！」

二人は事実をしっかり受け止め、そのうえで自分のできることを捉えていた。

予期はしていたけど、やはり感心させられてしまう。前世のオレが同年代だった頃なんて、ここまで立派ではなかった。環境の違いもあるだろうが、カロンたちは将来の傑物に違いない。

その後、偵察に向かっていた騎士たちによって、情報がもたらされる。この村の生存者はゼロで、貴重品や食料なども全部盗まれているらしい。戦争に略奪は付きものとはいえ、本当に容赦がない。

ここに留まっても仕方がないので、先のカロンたちの発言通り、先を急ぐことにした。

もはや戦地のため、騎士団は馬車の周囲へ展開し、よりいっそうの警戒をしている。オレも全域に探知術を張り、奇襲等に備えた。

そのまま第二、第三の村を通っていくが――

「敵軍の侵攻が、予想より大幅に早い……」

オレは死体の山を前に呟く。

そう。最後の村以外、すべての領民は殺されていた。老若男女問わず全員が。大虐殺である。

原作知識により、ビャクダイの領民が全員殺されるのは知っていた。だが、文章として情報を得るのと、実際に目の当たりにするのとでは、受ける衝撃が段違いすぎる。魔獣狩りや盗賊狩りで死に慣れていたオレでも、この光景は堪えるものがあった。

「……」

「うぐっ、えぐっ」

カロンは死者へ無言の祈りを捧げ、オルカは悔しさから泣きじゃくっていた。

見積もりが甘かったかもしれない。

フワンソール伯爵たちは本気だった。全力で、ガルバウダ伯爵の陣営を潰そうとしている。この調子だと、他の領も壊滅状態に違いなかった。

ただ、最後の村だけは、まだ鏖殺されていないと確定している。何せ、戦闘音が絶えていないから。距離が近づいたゆえに、ここからでも戦の気配が感じられるんだ。

「ゼクスさま、偵察が帰還いたしました」

騎士の一人より報告を受けたシオンが、耳打ちをしてくる。

オレは頷いた。

「本人を通せ。直接見聞きした者の見解を尋ねたい」

「承知いたしました」

シオンは一礼し、スッと離れていく。

転──ばないな、良かった。つまずいたけど、転倒はしなかった。

シオンをハラハラと見守りながら、オレは斥候を務めた騎士の到着を待った。

オレ、カロン、オルカの前に、一人の騎士が跪(ひざまず)いている。三十中頃の大柄な男で、無精ヒゲを生やした粗野な風貌。態度こそ敬意を表したものだが、浮かぶ表情はどこか飄々(ひょうひょう)としていた。

「騎士団長自ら、偵察を務めたのか」

オレは呆れた声を上げる。

そう。目前の男は、フォラナーダ騎士団の長を担う者だった。名をブラゼルダと言う。貴族お抱えの騎士団長としては若輩の部類だけど、それには理由があった。

オレがフォラナーダの実権を掌握する際に、騎士団は一度解体したんだ。無能な父のせいで、かなり腐敗が進んでいたからな。

コネで入団していた者の大半が汚職に手を染めており、しかも騎士団上層部ばかりだったので、結果として若輩のブラゼルダに騎士団長のお鉢が回ってきたわけである。

ブラゼルダは平民出身で、性格も見た目通りの大雑把な男だが、実力はピカイチだった。魔法は苦手なものの、剣の腕はすさまじい。レベルも45と結構高い。

オレの言葉を聞き、ブラゼルダは頭を下げたまま答える。

「俺が、今回の面子で一番偵察が得意だったもんでね」

「ブラゼルダさまッ！」

許可なく発言したうえに、領主の息子に対する言葉遣いではなかったため、シオンが叱責しようとする。

だが、オレはそれを制止した。

「いいよ、シオン」

「しかし……」

「いいんだよ、彼は」

「……承知いたしました」

なおも食い下がろうとする彼女だったが、オレが繰り返し言うと、渋々引き下がった。

気持ちは分かる。貴族は、なめられたら終わり。部下からタメ口を使われるなんて、許してはいけない所業だろう。でも、ブラゼルダに関しては許容する。彼ほど強い人材は、なかなか引き入れられないんだ。

フォラナーダの戦力は、正直言って弱い。今回同行させた精鋭は、ブラゼルダを除いてもレベル37から40程度はあるけど、連れてこなかった者たちは全員レベル25前後しかない。

聖王国は学園という制度を用い、優秀な人材を集めている。つまるところ、地方の貴族には質の良い人材が回りづらいんだ。自領を強くするには、各自で育成するしかなかった。

だから、騎士団の腐敗は手痛かった。以前の上層部が怠けていたせいで、後進が育っていなかったんだ。

現状のフォラナーダには、ブラゼルダのような強者が必要だった。自衛もそうだが、後進育成にも力を注ぎたい。

そのため、多少の無礼は許す。ブラゼルダ自身、言葉遣いが荒いだけで、根は真面目な人柄というのも大きいな。悪意もないし。

「それで、どうだった？」

ひと悶着挟みつつも、オレは偵察の結果を問うた。

ブラゼルダは小気味良く返す。

「劣勢だな。領城に生存者を集めて籠城してるが、まったく反撃できてないし、突破されるのも時間の問題だろうぜ。俺たちが助けに入ったところで、もう男爵領の維持は難しいんじゃねーかな」

「そうか。なら、生存者の救援を優先すべきか」

「それがいいと思うぜ。負け戦は確定してる」

「城内の状況に察しはつくか？　ケガ人の規模とか」

「さすがに分からねーな。ただ、戦況的に、相当追い詰められてるのは分かる」

「……ふむ。では、騎士団の者たちには、生存者らの避難を優先するよう命じておいてくれ」

「了解した」

迅速に行動したつもりだったが、それでもギリギリだったらしい。敵の侵攻が早すぎた。

この後の行動方針を決めた後、もっとも重要なことを尋ねる。

「ビャクダイ男爵は生き残ってそうか？」

旗頭である男爵の生死は、この戦の行く末を決めるのに大事な要素だ。

すると、ブラゼルダは眉根を深く寄せた。

「……分かんねぇ。そこまで調べるのは無理だった。だけど、他の家族はともかく、男爵自身は難しいかもしんねぇな」

「何故？」

「男爵陣営の士気が、おそろしく低かった。ありゃあ、助かる見込みが低いからって言うより——」

「リーダーが死んだことによるもの、か」

「ああ」

「そんな、お父さまが……」

男爵が死んだ可能性が高い。オレたちの結論を傍で聞いていたオルカは、目に涙を溜め、絶望した表情を見せる。

彼の心情を思うと助けたかったが……そうか、間に合わなかったか。

オレは眉間を指で揉み解しながら、まだ残っている希望について問う。

「しかし、男爵一家が全滅したわけではないんだろう？」

ブラゼルダは大きく頷く。

「それはねぇと思うぜ。士気は低かったが、諦めた感じじゃなかった。指示も的確だったし、他のリーダーがいるのは間違いねぇ」

「となると、長男が引き継いでるのかもしれないな」

ビャクダイ男爵には三人の子どもがいる。三男は、知っての通りオルカ。彼の他に、二十歳になる長男と十六歳の次男がいるんだ。

次男は学園に通っているから、長男が指揮権を引き継いでいる可能性は高かった。

「カイセル兄ならあり得るよ！　兄弟で一番頭がいいんだ」

長男の存在を思い出したオルカは我に返る。

彼による長男の評価は良好のようだった。頭脳方面に秀でているのであれば、籠城もそれなりに保てると思われる。

オレはビャクダイ家側のデータを修正しつつ、ブラゼルダとの話を続ける。

「敵勢力は？」

「歩兵三十、騎士二十、専業魔法師が五ってところだ。この辺はオレたち騎士団やゼクス坊ちゃんなら問題ねぇ。だが、敵の大将がやべぇんだよ」

「誰だった？」

「フェイベルン。ヴェッセル・アイルール・ガ・サン・フェイベルンだ」

「……マジか」

ブラゼルダが語った情報に、オレは思わず素の声が漏れる。

フェイベルンの名は有名だった。一神派に属する武門の伯爵家で、彼らは鬼のような強さを誇る一族だ。聖王国最強の称号『剣聖』も、代々フェイベルン家の人間が保有している。

原作ゲームでも、フェイベルンは何度も敵として登場した。ほとんどがレベル45超えで、中盤のボスから終盤の中ボスを務める。しかも、基本的に戦闘狂なせいで、死ぬまで攻撃を止めないのが厄介なんだよなぁ。最後の方は雑魚敵としても出てくるんだけど、複数人を相手にする時が一番面倒くさかった。

そして、肝心のヴェッセルも知っていた。原作において、学園三年目の序盤に登場するボス級キャラだ。フェイベルンの分家当主で、登場時のレベルは53だったか。練度の高い剣術を中心に、火と風の魔法で攻めてくるパワーアタッカー。

原作より前の時間軸なので、レベルは多少低いとは思うけど、厄介な敵なのには変わりなかった。

できれば戦いたくない。だって、風魔法で増強した火魔法を剣にまとわせて、自滅覚悟で攻撃してくるんだぞ？　加えて、いくらダメージを与えても怯まないから、否応なく接近戦を強制される。

恐怖以外の何ものでもなかった。

　ゲームでは画面越しだったけど、今は現実。直接相対さなくてはいけない。勘弁してほしい。

　しかし、戦わない選択肢はないだろう。敵軍の大将なら潰さなくてはいけないし、実力的にもオレが適任だ。

　経験豊富なブラゼルダも良い線行くと思うけど、経験に関しては相手も同じ土俵。ここは、相手からしたら未知の魔法を扱うオレの方が勝算は高い。まぁ、最悪の場合は生存者を連れて逃げれば良いんだ。気楽に行こう。

　オレは溜息を吐きつつ、ブラゼルダに言う。

「敵将のフェイベルンは、オレが相手をするよ」

「本気か？」

「お兄さまッ!?」

「ゼクス兄（にい）!?」

　ブラゼルダは驚いた表情で問い返してきた。

　彼とは何度か手合わせをしているため、オレの実力を知っている。相手の方が強いのを理解しているんだろう。

　一方、カロンとオルカは、思わず声を上げてしまったようだ。立場を考慮して、自主的に黙ってくれていたのに。それほど二人に心配をかけてしまったと思うと、罪悪感が湧いてくる。

といっても、他に手段はない。

「オレが、もっとも勝てる見込みがある。カロンとオルカが心配をしてくれるのは嬉しいけど、ここは武運を祈ってほしいかな」

「で、でも……」

優しく諭してみたが、オルカは未だ不安そうだった。

無理もないか。故郷が存亡の危機、かつ父親が死んだと聞かされた直後だ。ようやく親密になれた義兄が失われる可能性を前に、恐怖が拭えないんだと思う。慎重な面のある彼なら尚更だろう。

だが、意見は翻せない。前述したように、他の方法はないんだから。

何とかオルカを慰めようと、オレは言葉を尽くそうとした。

すると、その前にカロンが口を開いた。

「オルカ。お兄さまを信じましょう」

「カロンちゃん!?」

まさか、カロンが真っ先に受け入れるとは考えていなかったみたいだ。オルカは目を丸くして驚く。かくいうオレも、彼女の反応は意外だと感じた。

カロンはおもむろに言葉を紡ぐ。

「落ち着きなさい、オルカ。お兄さまは、これまで私たちのために最善を尽くしてくださりました。そして、いつだって私たちに嘘を吐いたことはございません。であれば、『自分が戦うしかない』

という判断も正しいのでしょう」

「でもッ」

「心配なのは分かります。私も同じ気持ちですから。しかし、信頼して待つのも弟妹の役目ではありませんか？」

そう言って、彼女はオルカを見据えた。二人の視線が交差し、無言の時が流れる。

そんな折、オレは気づいた。カロンがこぶしを握り締め、微かに震えていることに。

カロンも、心の底からオレの身を案じてくれている。それでも、オレの意思を尊重し、信じてくれているんだと分かった。

それをオルカも察したんだろう。顔を俯かせながらも、最終的に彼は折れた。

「分かった。ボクもゼクス兄を信じる」

「ありがとう、二人とも」

オレは二人の頭を撫で、そっと抱き締めた。何の心配もいらないと、言葉だけではなく行動で示そうと試みた。

こちらの気持ちはしっかり伝わったようで、カロンとオルカも抱き返してくれる。

しばらくの抱擁を経て、オレたちは姿勢を正した。

それから、すっかり蚊帳の外だったブラゼルダへ視線を向ける。

「すまないな、放置して」

「いいってことよ。素晴らしい兄妹愛じゃねぇか。俺まで、大将を戦わせたくねぇって思っちまうくらいだった」

「何なら、騎士団長が火あぶりにされるかい？」

「冗談じゃねぇ」

オレが意地悪げに笑むと、ブラゼルダは肩を竦めた。

彼もそれなりの場数は踏んでいる。状況次第で、ちゃんと退路を用意してくれるはずだ。

オレは一つ息を吐き、声を上げた。

「この場で作戦を伝える。まず、騎士三名はオレと共に敵兵の攪乱（かくらん）を行う。基本的にオレの魔法で一掃するから、騎士たちには取りこぼしを任せる」

敵将以外はオレでも対処できると、ブラゼルダは語っていた。となると、【威圧】が効果的である公算が高い。オレ一人で仕留められるだろう。騎士三人をつき従えるのは、万が一に備えた保険だった。

遠隔の【銃撃（ショット）】で一掃しないのかって？　それも考えたが、もう一つの作戦の都合、控えた方が良いと判断した。

「オレたちが場を乱している間に、騎士の残りとカロン、オルカ、シオンは男爵の領城へ忍び込んでくれ。生存者の手当てや避難誘導を任せたい。戦闘は極力避け、生存者の治療と撤退を優先することに留意しろ」

城内の状況が不透明の今、カロンたち救護班の突入は急務だ。現在進行形で死の瀬戸際に立たされている者がいるかもしれない。人命を優先するなら、彼女たちの迅速な動きが肝要だった。

ゆえに、【銃撃(ショット)】は使わない。この手段を講じた場合、格上のヴェッセルが生き残ってしまう可能性があった。そうなると警戒度を上げられ、カロンたちの方にも危険が迫ってしまう。あくまでも、目的はカロンたちが男爵城へ忍び込むことであり、オレは囮にすぎない。

「「「はい！」」」

みんなが異口同音に返事するのを認め、オレは大きく頷いた。

「注意点は敵将だ。かのフェイベルンの一族であるため、遭遇した場合は全力で逃げるように。アレの相手はオレが率先して受ける。他に質問はないか？………よろしい。決行は三十分後、解散！」

全員が沈黙で肯定し、作戦が決定される。

いよいよ、本格的な内乱への介入が始まった。

○●○●○

状況はブラゼルダの報告通りだった。村は完全に焼け落ちており、敵の戦力はすべて領城の周囲に集まっている。ビャクダイ側は投石などで反撃を試みているものの、あまり効果は表れていなかった。乗り込まれるのも時間の問題だろう。

「盛大に引っ掻き回してやりますか」

オレの口から、成人男性の声が発せられる。

今のオレは、冒険者シスの姿をしていた。今回の内乱で、オレの実力をさらす気がないためだ。

理由はいくつかあるが、目立ちすぎないためと自分を隠し玉にするという二点が大きいか。

内乱への介入によって、フォラナーダは様々な勢力から注目を集める。その際、光魔法のカロンに加えて、オレが強いと知られるのは刺激が強すぎるんだ。

ただでさえ光魔法使い誕生は話題性が大きいというのに、無属性使いが強いなんて情報まで流れたら、周囲へ与える影響は計り知れない。凝り固まった常識を崩された者たちが、どのように暗躍するか予想できなかった。

ゆえに、身分を偽る。フォラナーダに雇われた冒険者シスとして参戦し、オレの存在を隠すことに決めた。

そして、オレの実力を隠しておけば、秘密兵器として扱えることになる。今後、カロンは色々な勢力から狙われるだろう。だが、無能だと思われているオレが傍にいれば、警戒されずに敵を排除できる。敵を狩るのに、楽ができるに越したことはなかった。

「そのお姿、やはり慣れませんね」

突入のタイミングを見計らっている時、隣に立つ騎士が溢す。

誠実そうな雰囲気をまとったメガネの青年は、騎士団の副団長だった。団長のブラゼルダとは対極で、実直な性格をしている。

今回の攪乱の同行役に、彼は抜擢されていた。オレとしては、平団員だけでも良かったんだが、さすがに領主の息子を平団員には任せられなかった模様。

「敵と間違って斬るなよ？」

「善処します」

オレが冗談混じりに言うと、副団長も肩を竦めて返してきた。

真面目ながら、茶目っけも見せられるらしい。良い性格をしている。そうでもないと、あの団長の下では働けないのかもしれないが。

「そろそろ動こうか」

敵兵が、良い具合に一箇所へ密集してきたので、作戦を開始しようと思う。

発動するのは【威圧】。射程範囲は探知術並みに広いけど、近いほど威力は上がるため、もう少し近寄ろう。

「接近しながら魔法を放つ。オレが魔法を放った後は、各自適切な判断をするように」

「「はい」」

騎士たちの返答を認め、オレは走り出す。

敵の感知範囲ギリギリで隠れていたので、即座にこちらの存在は発見された。

しかし、それでは遅い。十倍の【身体強化】を施しているオレは、一足飛びで前線まで駆け抜けた。

それから、敵が未だ構えられていない間に、準備していた【威圧】を全力で発動する。魔力の波は、敵兵のことごとくを呑み込んでいった。

――効果は抜群だった。【威圧】を受けたほとんどの敵は、その場に崩れ落ちた。ヒトの大群が目前で一斉に倒れ伏す様は、海を切り開くモーセの気分だ。

精神力が強いのか、幾人かの敵兵が残っていたけど、その辺りは捨て置いて良いだろう。【威圧】の効果はしっかり発揮されているようで、彼らの膝は笑っている。もはや戦える状態ではなかった。

やはり、一番の障害はアレだな。

オレは、倒れる敵兵たちの真ん中で立ち止まる。

次の瞬間、眼前を埋め尽くす炎の波が襲いかかってきた。

「ッ!?」

とっさに展開した魔力壁によって防ぐが、炎の威力のすさまじさが伝わってくる。素で食らっていたら、間違いなく炭になっていた。

たっぷり十秒ほど攻撃は続き、視界が晴れる。肉を限界まで焦がした風な異臭が漂い、黒焦げになった炭のカケラが宙を舞った。

目前の光景は、様変わりしていた。周囲に散乱していた敵兵の大半は黒々とした炭に変貌し、ボロボロと崩れている。戦場というよりも、家屋が全焼した火災現場といった方が適当だった。

生き残ったのは十程度か。味方もろともとか、噂通りの狂戦士っぷりだよ。

オレは呆れ混じりに、炎の元凶へ視線を向ける。

前方三十メートル先——領城の門前に、その男はいた。燃え盛る臙脂色の髪に淀んだ草色の瞳。一見すると爽やかそうなイケメンだが、その顔に湛える笑みは狂気に染まっている。

ヴェッセル・アイルール・ガ・サン・フェイベルン。ビャクダイ侵攻部隊の将であり、聖王国で知らぬ者はいないと評されるほどの戦闘狂い。さらには、聖王国で十指に入る強者だというんだから、手に負えなかった。

彼はその細身には似つかわしくない、体軀と同等はあるバスターブレードを肩に載せ、嬉しそうに語った。

「へぇ、僕の一撃を耐えたのか。今回の仕事は味気ないと思ってたけど、なかなか楽しくなってきたじゃないか」

「全然楽しくないっての」

対するオレは、げんなりと呟く。

予定通りとはいえ、あの戦闘狂にロックオンされたのは嫌で仕方ない。カロンたちが襲われるのはもっと嫌なので、頑張るしかないんだが。

背後より足音が聞こえる。どうやら、副団長たちが追いついてきたらしい。

ようやく来たかと思いかけ、首を振った。

【身体強化】の向上には一番力を注いできた。二、三年前ならいざ知らず、今のオレに身体能力で追いすがれる者なんて、そうそう存在しない。逆に、追いつくのに一分もかからなかったことを褒めるべきだろう。

オレはヴェッセルから目を逸らさず、背中越しに副団長たちへ命令を下す。

「お前たちは他の敵兵を処理しろ。巻き込まれないように注意しろよ」

「……分かりました。ご武運を」

副団長が代表して答える。

ヴェッセルとの対峙は理解していたようで、そそくさと場を離れていった。

「そろそろ、いいかな?」

少し間をおいて、ヴェッセルが問うてくる。

オレは肩を竦めた。

「思ったより行儀がいいんだな」

噂に聞く彼の素行や原作での発言などから、問答無用で襲ってくると考えていた。

すると、彼は歯を剝き出しにして笑う。

「強者との戦闘は、純粋に楽しみたいんだよ。余計なことへ気を削いでほしくないのさ。相手が他者の存在を気に留めてしまうというなら、それらが撤退するまで喜んで待つさ」

「なるほどね」

ヴェッセルは、求道者寄りの戦闘狂だったらしい。これは原作でも読み取れなかった事実だった。所詮は道中のボス級というだけで、深掘りされないからなぁ。

まぁ、戦闘狂には変わりなく、オレにとって陰鬱な戦いなのも変化していない。

溜息を堪え、オレは短剣二本を構えた。それに合わせ、相手も心底嬉しそうに大剣を構える。

「我が名はヴェッセル・アイルール・ガ・サン・フェイベルン。汝を強者と認め、尋常に決闘を申し込む！　さぁ、戦いを楽しもうじゃないかッ」

「オレの名は冒険者シス。依頼遂行のために押し通らせてもらう！　せいぜい吠えてろよ、戦闘狂ッ」

生死を懸けた戦いの火蓋が、今この瞬間に切られた。

ヴェッセルと刃を交える前に、オレは【鑑定】を発動した。精神魔法の練度が上がったお陰で、オレの【鑑定】の効果範囲も広がっていた。レベルだけではなく、相手の有する技量のおおよそも測れるようになったんだ。

どれどれ、ヴェッセルのレベルは……50か。予想できていたことだが、オレより圧倒的に強い。魔法の練度はオレの方がやや上ではあるが、剣術は雲泥の差だった。天と地ほどの隔絶があり、小細工で誤魔化すことも難しいように見える。

さすがは『剣聖』を代々輩出する家の人間。ほぼ独学で鍛えているオレでは、赤子の如くあしらわれるだろう。これは当初の予定通り、真正面からの斬り合いは避けて、魔法でチマチマ攻撃するしかなさそうだ。

まずは、短剣で戦うと見せてから、不意打ちの【銃撃】を——

「ッ！？！？！？」

ほんの少し。ヴェッセルから意識が逸れたのは、たった一瞬だった。それなのに、気がつけば敵は目前に迫っていた。しかも、バスターブレードを天高く上げ、今まさに力強い一撃を放とうとする瞬間だった。

呆然としていたオレは、すぐさま我に返る。このまま棒立ちでは真っ二つにされてしまう。

即座に【先読み】を展開。ヴェッセルの攻撃軌道を読み取り、それとは反対方向へ身を投げた。キレイに回避しようなんて考えない。この強敵相手に、そんな悠長なことはしていられなかった。

回避した直後、彼の大剣は地面を叩き、劫火とともに爆ぜた。熱波が周囲に拡散し、その余波がオレの頬を撫でる。僅かな熱気だけで、軽い火傷を負ってしまう。

想像以上の威力だった。魔法はオレの方が上と言ったが、ヴェッセルの場合は方向性が違う。技巧なんて一切捨てて、威力に全振りしているんだ。もう一つの適性である風魔法も、火魔法の補助としてしか使っていない節がある。

とはいえ、パワー特化は魔法に焦点を当てた話。剣術に関しては真逆だ。

先の初撃。力任せの振り下ろしに見えたが、実際は相当巧みな技だった。踏み込みから剣撃に至るまでの一連を、【身体強化】中のオレがまったく悟れないなんて、並みの技術では行えない。

卓越した剣技を火力特化の魔法で支えるというのが、ヴェッセルの戦闘スタイルのようだ。

やはり、ゲームと現実はまるで異なる。画面越しでは、ただの狂戦士にしか見えなかった彼だが、実際に対戦してみて洗練された剣士だと理解できてしまった。原作知識に頼りすぎると、絶対に痛い目を見るぞ。

オレは地面を転がって敵から距離を取り、短剣を構え直す。

すぐに追撃が来ると考えていたが、彼は剣を振り下ろした姿勢のままだった。ゆっくり、地面へ突き刺さった得物を引き抜いている。

何事かと怪訝に思って様子を窺っていると、ヴェッセルはこちらに笑顔を向けた。

「いいッ。いいよ、キミ！　少し不格好だったとはいえ、フェイベルンの一撃必殺の太刀を避けられるなんて素晴らしい！　これは予想以上の大物だッ。僕は今、最高の戦いを享受してる！」

恍惚とした表情を浮かべ、何やら語りだすヴェッセル。

どうやら、先の一撃は必殺技のようなものだったらしい。それを回避したオレを、好敵手として認識したといったところか。

うへぇ、マジか。狂戦士の好敵手認定？　そんなの、どちらかが死ぬまで追いかけ続けるという宣言にしか聞こえない。勘弁してほしかった。

嘆いたところで現実は覆らないけど、愚痴にも似た感情が湧くのは止められない。

「はぁ」

溜息を吐きつつも、オレは気持ちを改める。

起きてしまったことは仕方がない。カロンたちが逃げ切るまでの時間稼ぎのつもりだったが、ここで決着をつけるしか選択肢はなかった。

色々と不利な条件は揃っているけど、オレの負けが決定したわけではないんだ。こちらにだって、向こうにない強みがある。それを活かして戦おう。

大剣を構え直したヴェッセルが、再び攻撃を仕掛けて来ようとする。おそらく、先程と同様の、瞬間的に距離を詰める技だ。

だが、同じ手にしてやられるほど、オレも甘くはない。今回は【先読み】を発動済みのため、ヴェッセルの軌跡が手に取るように把握できた。

彼は真っすぐオレへ突っ込んでくるみたいだ。まさか、さっきも同じルートだったのか？

ただの突進なのに、目で追えなかった事実に驚愕しながらも、オレは動き出す。あちらの動作を待ってから動いては、何もかも間に合わないゆえに。

オレの挙動と同時に、ヴェッセルの姿が消えた。そして、次の瞬間には目前に現れ、大剣を高く振りかざしていた。

今度は取り乱さない。繰り出される真向斬りを、背後へスウェーして紙一重で回避。そこから前へ踏み出し、短剣の二連撃を放った。

このままでは火魔法の爆発に巻き込まれてしまうが、その対策は済んでいる。爆ぜる際、魔力壁を身体中に張り巡らせれば、一撃くらいは防げるはずだ。

さすがはフェイベルンか。オレの攻撃を察知した彼は、重心が完全に降りていたにもかかわらず、体を後ろへ傾けた。リーチの関係で、このままでは刃が届かない。

しかし、それも想定済みだ。オレは短剣に込めていた魔力を実体化し、刃を延長した。

かつての盗賊狩りでも使用した、魔力刃の伸身。初見でこれを見破れるはずはなく、彼我の距離は瞬く間に埋まった。

確かな手応えを感じた直後、火魔法の爆発が身を包む。火炎と土煙で視界不良になる中、オレは後方へ飛びのいた。その後、臨戦態勢のまま、ヴェッセルの様子を窺う。

爆発は数秒で収まる。

土煙の晴れたそこに立っていたのは、両肩より大量の血を流すヴェッセルだった。あの手応えに相違なく、彼へ致命傷を負わせられていた。

何らかの手段で防がれたのでは、と疑っていたオレは、ようやく胸中に安堵を覚えた。

これで戦況はこちらの流れに傾いた。あちらの得物は大剣である以上、深く傷ついた両肩で振り回すのは困難を極める。あの狂戦士のことだから戦い続けはするだろうが、必ず悪影響は生まれる。

オレは、慌てずその隙を狙えば良い。

「ハハハハハハハハハハハハハハハハハッ」

深手を負ったというのに、ヴェッセルは哄笑を上げていた。不気味なほどに頬を吊り上げ、高らかに嗤っていた。

「ほんっとうに最高だよ、キミは！　まさか刃が伸びるとは思わなんだ。今の技は何だい？　これでも数多の戦場を駆け抜けてきたんだけど、初めてみる技だった。良ければ教えてほしいな」

まるで長年の友人へ語りかける風に、ヴェッセルは問うてくる。

心の底から、この戦闘を楽しんでいるんだろう。今まで見たことのない技を目撃し、純粋に胸を躍らせているようだった。

というか、両肩が切断寸前だというのに、よく笑っていられるな。普通の人間なら戦闘不能の重傷だ。ショック死しても不思議ではないし、光魔法の使い手でなければ治療も難しい。

この世界の治療法は、光魔法以外は前世の世界と大差ない。ポーションは存在するけど、あれは基本的に魔力回復剤が主である。効果も微々たるものだ。

楽しげなヴェッセルに対して、オレは返事をした。【銃撃（ショット）】という返答を。

早打ちの達人の如く、一瞬だけ持ち上げられた右手の人差し指より、魔力の弾丸が発射される。

魔弾は亜音速でヴェッセルへ向かっていき、その頭蓋に穴を開ける――

「わーお、こんな魔法も使えるのか。何だい、今の魔法？　キミは僕の知らない技をたくさん持ってるようだね！」

――はずだった。

ところが、彼はピンピンとしている。魔弾が接触する前に、頭を傾けて回避したんだ。

「……亜音速の物体を目視してから避けるとか、化け物かよ」

まだまだ見積もりが甘かったらしい。フェイベルンは人間をやめた一族に違いなかった。

正直、真正面からとはいえ、【銃撃（ショット）】を避けられるとは夢にも思わなかった。最強を自負していた魔法だけど、弱点は存在した模様。

念を入れて、開幕攻撃に使用しないで良かった。使っていたら、今以上に警戒されていただろう。

「チッ」

オレは舌を打ち、両手を掲げる。そして、伸ばした二本の人差し指より、【銃弾】を連射した。

また、ついでとばかりに【痛覚増大】と【反射鈍化】の精神魔法も与える。

今まで使う暇はなかったが、やっと弱体系の魔法を発動できた。

現時点での弱体魔法（デバフ）は、対象を目で捉えないと付与できない。そのため、ヴェッセルのような、高速移動する手段を持つ敵には扱いづらい欠点がある。この辺りの改善は、今後の課題だった。

重傷の痛みが増したうえで、反応も鈍くなったんだ。これなら、何十もの【銃撃】は回避できまい。

魔弾を連射しながら、攻撃の行く末を見届ける。

オレの予想は正しくもあり、間違ってもいた。ヴェッセルは確かに【銃撃】を避けられなかったが、この攻勢でトドメを刺せたわけでもなかった。

彼は、バスターブレードで魔弾の数々を叩き落とし始めたんだ。両肩に傷を負っているし、素早く動かせない大剣なので、すべては防げなかった。だが、命に差し障る攻撃は、見事に防御してみせた。体の所々に風穴が開いているものの、未だに敵は立っている。

「もう終わりかい？　なら、次はこっちの番だ」

血みどろのヴェッセルは笑った刹那、またもや姿が消え失せる。

【先読み】はしっかり働いていた。攻撃の軌道は、オレの背後まで続いている。

ただ、回避は間に合いそうになかった。先程までの攻撃より、明らかに速度が上がっているんだ。

オレはとっさに後ろへ振り向き、両手の短剣を構える。それと同時にヴェッセルが現れ、大剣を振り下ろしてきた。

力強い斬撃と火魔法の爆撃が、オレへと襲いかかる。刃の交わる金属音と物が燃焼する音が耳元をくすぐる。

「ぐあっ」

うめき声が漏れた。

ヴェッセルの真向斬りをまともに受け止めたんだから、当然と言えよう。いくら【身体強化】をしているからといって、大剣による攻撃を短剣で受けるのは限界がある。一流の相手なら尚更。

魔力障壁も展開したので、ケガの一切は負っていない。しかし、鍔迫り合いの状態は解消できなかった。今もなお、敵はこちらへ全力を注いでおり、なかなか抜け出せないんだ。

というか、重傷の奴が繰り出す一撃とは信じられない威力だ。これ、ケガをさせていなかったら、一瞬で真っ二つにされていたと思う。馬鹿力にもほどがあった。

ギチギチと刃同士のこすれる音が聞こえる。【魔纏】のお陰で短剣が壊れる心配はいらないけど、向こうが流しっぱなしにしている火魔法はうっとうしかった。

魔力壁のお陰で今のところは無傷だが、これは魔力実体化による技術だ。秒単位で魔力がガンガン消費されていく。このままでは、ガス欠になるのも時間の問題だった。

背に腹はかえられない。力技で均衡を崩すのは難しかったため、オレは魔力放射を敢行する。全身から実体化した大量の魔力を放出し、ヴェッセルへ叩きつけた。

至近距離から膨大な質量の塊を食らった敵は、当然の如く弾き飛ばされる。

奴の精神力では数秒しか効果はないだろうが、【鈍化】の精神魔法も飛ばしたので、少しばかりの猶予を確保できた。

クソッ。仕方なかったとはいえ、今ので魔力の大半を消費してしまった。残量はそう残っていない。【銃撃（ショット）】二十発くらいか。普通の敵なら十分だけど、あのヴェッセル相手には心許（こころもと）なさすぎた。何とかして、隙を作るしかないだろう。

一応、布石は打ってあるけど、成功するか否かは未知数だった。

「だとしても、やるしかないッ」

オレは覚悟を決め、今まさに復帰したヴェッセルに向かって駆け出す。技量差を考慮すれば、無謀としか言えない近接戦闘に臨んだ。

「最っ高だね！　キミは本当に僕を楽しませてくれるッ」

それを認めた敵は、笑いながら応戦する。戦闘狂にとって、挑まれた戦いを買わない選択はない。分かっていたことだ。

だからこそ、その好戦的意欲が隙を生む。

オレは剣撃を繰り出す。左右の腕を振るい、時には蹴撃を交ぜ、必死に戦った。

だが、やはり、ことごとく届かない。こちらの方が手数は多いはずなのに、すべて大剣や徒手空拳で払われた。近接戦闘においては、技術力も才能もヴェッセルが数段上をいっていた。

ヴェッセルの瞳に、僅かな失望の色が混ざる。

「うーん。新鮮な技は持ってるようだけど、才能はイマイチだ。すごくもったいないな、キミは」

彼は、オレを格下だと認識した。全力を出さずとも勝てると理解した。

ゆえに、奴は肩の力を抜く。気に留めていないとはいえ、両肩に重傷を負っているんだ。力を込めなくて良いと判明すれば、当然の対応だろう。

この瞬間こそ、オレの狙っていた間隙だった。

「おおおおおおおお！！！！！！！！」

雄叫(おたけ)びを上げ、オレはヴェッセルへ突貫する。

彼の目には『勝てないと理解した相手が無謀な手段に走った』と映っていると思う。

しかし、そうではないんだ。無謀な手段ではなく、確かな勝利のために、オレは敵の懐へ飛び込もうとしていた。

オレが短剣を振るうよりも早く、ヴェッセルの大剣が動く。どうやれば、あの大きな塊を素早く操作できるのか謎だけど、とにかく相手の方が先に動いていた。

ただし、敵の凶刃が振り切られることはない。

「ぐがっ、なっッ!?」

無数の弾丸が、ヴェッセルの両手足の筋と関節を中心に命中した。頭も狙ったんだが、体を反らして避けやがった。化け物かよ。

攻撃をまともに食らった影響で彼の握力は弱まり、大剣を保有することが不可能になる。バスターブレードは手を離れ、勢いそのままに、あらぬ方向へ吹っ飛んでいった。

そして、ガラ空きになった敵の懐へ、オレの二つの剣が吸い込まれる。

二筋の銀閃が走り、ヴェッセルの体は地に沈んだ。ハラワタを裂かれ、心臓も穿たれた彼の命は、もはや風前の灯火だった。

オレは倒れ伏すヴェッセルを認めつつ、素早く後ろに下がる。かの狂戦士なら、この状態でも一矢報いてきそうで怖かったんだ。

幸い、敵が再び起き上がることはなかった。精神魔法に反応がなくなったので、完全に死亡したことが確認できる。

戦場が静寂に包まれ、ようやく安堵の息を漏らした。

何とか勝てた。ギリギリだった。

【銃撃】は、わざわざ指から発射する必要はない。オレの魔力が届く範囲であれば、どこでも発射口にできる特性があった。

ところが、ヴェッセルはそれを知らなかった。オレが、わざと指先からしか放っていなかったために。情報を誤認していたゆえに、彼は最後の最後で攻撃を受けてしまったんだ。

オレが【銃撃】の特性を隠していなかったら。敵が最後に油断をしなかったら。もう少しだけレベル差が大きかったら。どれかの要素が欠けていたら、オレは負けていたに違いない。それほどまでの強敵だった。

荒く息を吐き、肩を上下させる。

勝利の歓喜はない。血の臭いが酷く鼻につき、疲労も相まって、むしろ気分が悪いくらいだった。

オレは、それらを振り払うように天を仰ぐ。だが、火災による煙が立ち込めた空は、どんよりとした鈍色に染まっていた。どう頑張っても、気持ち悪さを晴らせるような空模様ではない。

何か、心の清涼剤になるモノはないだろうか。

そう考えた時、脳裏に過ったのは、妹カロンの顔だった。

そうだ。カロンであれば、今の荒んだ心も浄化できるはず。

「はやくカロンと合流したい」

欲望の呟きは、静かな戦場に木霊した。

精神魔法を使えば良かったと考え至るのは、カロンとの合流後のことである。

○●○●○

当初は、オレが敵将を引きつけている間に、カロンたちが男爵城へ潜入、生存者らをある程度回復させ、安全圏へ避難させる予定だった。

しかし、オレが敵将のヴェッセルを撃破したことで、予定は変更された。領城の外へ避難する必要はなくなり、オレたちも入城する運びとなった。

残党の掃討を担っていた騎士三名と合流し、オレたちは男爵城へ向かう。カロンらが伝えてくれていたお陰で、すんなりと城内へ入ることができた。

門を開けてくれた者は、先の戦闘を遠目に見学していたようで、しきりにオレへ謝意を述べていた。純粋な好意を嬉しく思う反面、照れくさくも感じてしまう。

案内役の先導の下、オレと騎士三人は城内を歩く。道中、籠城戦に参加していた村民らに礼を言われまくり、なかなか進めなかったのはご愛敬（あいきょう）ということで。

城内でもっとも広い場所に出る。おそらく、ダンスホールか何かだろう。

そこには戦えない女性や子ども、老人、軽傷者などが詰めていた。ざっと三十人くらいおり、先に出会っていた戦闘員と合わせて四十三人。小さな村落程度の運営なら良いけど、男爵領ともなると支障が出そうな規模だった。特に、働き手となる若い男が圧倒的に足りない。

ビャクダイ家や目前のヒトたちの命は守れたものの、領地の存続は危ういかもしれないな。

男爵家の前途を憂いつつ、オレは広間を見渡す。

避難民たちは、一様に不安の感情を湛（たた）えていた。見るからに表情を陰らせている。

敵将の打破はすでに伝わっているはず。それなのに空気が重い原因は、将来の展望を憂いているためだろう。領の運営については分からずとも、故郷の存続が危ういと彼らは察しているんだ。この先、自分たちはどうなってしまうのかと、明日さえ見えぬ未来が不安で不安で仕方ないんだ。

敵対者が存在するなら分かりやすい。力さえあれば、それを叩き伏せれば良いんだもの。

だが、彼らの直面している問題は難しい。人手不足は一朝一夕で解決できるものではない。戦の起きた土地なら尚更だ。

陰鬱な雰囲気を漂わせる男爵領民を前に、不甲斐(ふがい)ないと感じつつも、オレは立ち尽くすしかなかった。今の自分に、この場をどうにかする力はない。

しかし、オレとは異なる結論を下した者が、この場にはいた。

「皆さん、顔を上げてください！」

ハキハキとした明瞭な声を上げたのは、我が愛しの妹カロンだった。重傷者を集めているんだろう広間の奥から、彼女は姿を現した。

「顔を上げてください。あなたたちは理不尽な暴力から生き残ったのです。それは立派で、奇跡のような幸運です。もっと胸を張ってもバチは当たりません。そのように沈んだ表情をしていては、せっかくの幸運が逃げてしまいますよ」

カロンは軽く柔らかい笑みを浮かべながらも、真摯な瞳で大衆へ語りかけた。

対し、一番近くにいた女性が口を開く。

「でも、あたしたち、これからどうしたら……」

先行きの見えない現状に、強くストレスを感じている様子だった。その声音には力がない。

彼女の言葉に、他の面々も続いた。『家が焼けてしまった』とか、『畑が台無しだ』とか、『天涯孤独だ』とか。あらゆる不満と不安が溢れ出す。粘度の高い重苦しい感情が、とめどなく流れてきた。

だが、しかし。それらを受けても、カロンの瞳は輝きを失わなかった。

「大丈夫です！」

暗い広場に指す一条の光とも言うべきか。彼女は自信に満ちた声を発する。

「皆さんは、今回の戦いを生き抜いた強いヒトたちです。私（わたくし）たちの助力が間に合ったのは、皆さんが精いっぱい頑張ったからです。先程まで重傷の方々を治療していたので分かります。皆さんの戦いは、とても大変なものだったと。それでも足掻き続けられたのは、間違いなく皆さんの力です」

次の瞬間、カロンは輝いた。おそらく、光魔法の【フラッシュ】。光るだけで何の効果もない術。

いや、それだけではないな。後回しになっていた軽傷者たちのケガが治っている。【フラッシュ】と同時に【広域治癒（エリアヒール）】も発動したんだろう。さながら、光がみんなを癒した風のように見えた。

結果、彼女の魔法は劇的な影響を周囲へ与えた。

「さぁ、皆さん。顔を上げて！　あなたたちなら大丈夫です。絶対に、悪い未来なんて訪れません。もし不安が拭えないのであれば、微力ながら私（わたくし）が……私（わたくし）たちが相談に乗りましょう！」

そう語りかける姿は、さながら春の陽だまりのようだった。周囲のヒトの心を明るく照らし、温（ぬく）もりを与える存在。先程まで暗く陰のあった避難民たちの顔色を、あっという間に一転させていっ

た。

避難民の誰かが、カロンに向けて『陽光の聖女さま！』と声をかける。たちまち、それは周囲に波及していき、『陽光の聖女』コールが巻き起こった。

原作でもカロンの異名であった『陽光の聖女』。お飾りの皮肉でしかなかったそれは、この現実では誰もが認めるに違いない。人々を明るく照らす少女に相応しい二つ名だ。

多くのヒトに慕われている彼女を見ると、胸のうちが熱くなってくる。カロンの成長を嬉しく思うのと同時に、オレが目指していた景色はアレだったんだと強く実感した。

涙まで流れそうになるけど、何とか堪えた。急に泣き出したりしたら不審者だからな。それに、今のオレはシスの姿を取っている。不用意な反応を見せるわけにはいかない。

同じ理由で、彼女と会話を交わすのも控えた。本当はすぐにでも抱き締めたいんだけど、グッと我慢する。手足が震えようとも耐え忍ぶんだ。

一方、もう一人の兄弟であるオルカの方も、特段問題はなさそうだった。今はカロン人気に埋もれているけど、地元ゆえに無事馴染んでいる。今はタオルなどの配給を手伝っているらしく。せっせと広間の端っこを駆け回っていた。

二人とも無事であることを認めたオレは、さらに奥へと進んだ。人気は徐々に減っていき、騎士二人が控える扉の前に到着する。

ここがドコなのかは、事前に案内役から聞いている。この部屋は男爵の書斎であり、籠城においての作戦本部として機能していた場所。室内には、生存者たちのまとめ役であるカイセル——ビャクダイ男爵の長男で、オルカの実兄でもある男が待機している。

ちなみに、この部屋の本来の持ち主は、予想通りすでに死亡していた。先の内乱において、領民を守るために囮になったんだとか。良い意味で貴族らしからぬ、義勇に満ちた最期だ。

閑話休題。

案内役が騎士と話をすると、騎士の一人が扉越しに部屋へ語りかけた。

「敵将を討ち取ってくださった方々が、お見えになりました！」

「入っていただきなさい」

ほとんど間を置かず、若い男性の声が返ってきた。カイセルの声だろう。

彼の指示に従い、騎士たちが扉を開く。それから、オレたちは書斎へと入室した。

内部は、そう変わったところのない書斎だった。壁際に本棚が並び、最奥に書斎机が置かれ、部屋の中央辺りに来客用のソファとテーブルが鎮座している。

そのソファに、今は三人の男女が座っていた。

一人はオレたち側の人物。こちらへ派遣していた、ブラゼルダ騎士団長である。カロンとオルカを除けば、こちらに派遣したメンバーの中で一番地位が高いのは彼だ。加えて、戦時下ともくれば、本職のアドバイスは垂涎（すいぜん）もの。書斎に呼ばれるのも道理だった。

残り二人は、獣人の男女だった。

彼らは、オレたちへ貴族の一礼を披露する。

「はじめまして。私の名はカイセル・ガウエーラ・ユ・ナン・ビャクダイ。ビャクダイ家の長子であり、一応生存者のリーダーを務めているよ」

「私はカイセルの妻、リユーレ・セセスダッド・ネ・ユ・ナリ・ビャクダイです。よろしくお願いいたします」

思った通り、オルカの実兄夫婦だった。

実兄のカイセルは、オルカによく似ていた。彼ほど可愛らしさはないが、サラサラの髪に美形の顔立ち。少女漫画に登場する王子さまみたいな見た目をしている。

妻の方は猫系の獣人らしい。今は大人しくしているけど、活発な気配を感じる美人さんだった。

二人の挨拶に応じ、オレたちも名乗りを上げる。

ただ、現在のオレは冒険者シスなので、順番には気をつけなくてはいけない。オレが貴族として立っていたら、騎士たちよりも先に返事をするが、この場では雇われた者でしかないんだ。

「ご丁寧にありがとうございます。私はフォラナーダ騎士団の副団長、バラッドと申します。こちらの二名は、団員のアーノルドとベッジです。そして、こちらの御仁が――」

「冒険者のシスだ。生憎だが、敬語に慣れていない。不躾になってしまうが、容赦願いたい」

敬語に不慣れなんて嘘っぱちだけど、今は冒険者の肩書きなんだから仕方ない。貴族ばりに丁寧に喋る冒険者なんて、疑ってくださいと言っているようなものだ。

狭量な貴族であれば、多少の苛立ちを見せるものだけど、カイセルとリユーレの夫妻に関しては、その辺りは寛容みたいだった。眉を寄せるどころか、笑顔で返してくれる。

「まったく問題ないよ。冒険者が何たるかは理解しているつもりだし、キミは私たちの命の恩人なのだから。もっと遠慮ない言葉遣いでも構わないくらいさ」

「ええ。あなたには心から感謝しているのですよ」

かなり友好的な雰囲気だ。

想定内の反応だった。あのヴェッセルを相手に籠城しても、堪え切れるはずがない。直接相対したオレだからこそ断言できた。

その辺の事情は、目前の二人も理解しているんだろう。ゆえに、こうして強い恩義を覚えてくれている。

その後、オレたちは雑談を交わす。

ヴェッセルの部隊の全滅が総大将のフワンソールに認知されたら、すぐにでも援軍が送られるだろう。猶予はそれほど存在しない。だが、まったく余裕がないわけでもない。避難するのに荷物をまとめる時間も必要だし、こうして僅かに語り合うくらいのことは可能だった。

「本当に、今回の援軍は助かったよ。改めて、ビャクダイ男爵家を代表して礼を申し上げる」

「そのお言葉、我が主君の耳に入れれば、喜んでいただけるでしょう。今回の戦については、たいそう心を痛めておいでしたので」

カイセルの謝意に、騎士団長が笑顔で応じる。

……そう、ブラゼルダが喋っている。彼は、何も敬語が使えないわけではない。精神的負担が大きいため、普段は砕けた口調をしているだけなんだ。

正直、彼の敬語を聞いていると、背筋がゾワゾワする。それは他の騎士団員も同感のようで、居心地悪そうに身を揺らしていた。

そんなオレたちの内心など露知らず、二人は会話を続ける。

「フォラナーダ伯爵の寛大で慈悲深い心には、感謝の念に堪えないね。何かお返しができれば良いのだけど……」

「我が主君は見返りなど求めておりませんので、ご心配なさらないでください。今回は、オルカさまの悲嘆を憂えた結果に過ぎないのですから」

「オルカのことでも感謝しているよ。先程、少し話をしたけど、フォラナーダの皆さまには大変お世話になっていると聞いたんだ。特に、伯爵子女のお二人とは、とても仲良くさせていただいているそうだね」

「はい。本当の兄弟のように、日々を過ごしていらっしゃいますよ」

「それは良かった。養子に出した直後は心配で――」

こんな感じで、親御同士の話し合いみたいな会話が繰り広げられた。本人の目の前で語られるとか、一種の拷問かな?

幸いなのは、ブラゼルダはそこまで日常生活に関わっていない点か。ディープな内容が明かされる不安がないのは良い。

しばらくして、ようやくオレに話が振られた。

「申しわけない。シス殿を放置してしまって」

「構わない。気にするな」

「ありがとう。本当は、シス殿にも謝礼を渡したいんだが……」

「不要だ。フォラナーダより依頼金は貰（もら）ってる」

「そうはいかない……と言いたいところだけど、その申し出は助かるのが本音だ」

「……そこまで酷い状況なのか？」

「それは……」

オレの踏み込んだ問いに、カイセルは躊躇した態度を見せた。

当然か。一介の冒険者に、自領の状況を語る方がどうかしている。まして、今は他領の人間もいるんだ。

ところが、何を思ったのか、カイセルは言葉を続けた。

「いや、恩人に対して隠しごとをする方が不義理だね。どうせ、そのうち露見することだ」

「あなた」

「良いんだよ。これも運命だと諦めるしかない」

夫妻は肩を寄せ合い、ビャクダイの現状を話し始める。

その内容は、オレの事前予想と大差なかった。簡潔に表すと、人材や物資の不足によって、自領の維持が不可能らしい。困難ではなく不可能と言い切る辺り、もう進退窮まっているようだった。

「爵位は陛下に返上するよ。見届け人をフォラナーダ伯爵に任せたいのだけど、お願いできるだろうか？」

カイセルの問いかけに、騎士団長は首肯した。

「陳情してみましょう。おそらく、引き受けてくださると思います」

「ありがたい。残る問題は、生存した領民の処遇のみだね」

このままビャクダイ男爵家が潰れた場合、この土地の管理はフワンソール伯爵の派閥に渡る。そういう手回しがされているのは、あらかじめ確認できていた。

ビャクダイ男爵領の民は、そのほとんどが獣人族だ。ゆえに、今回の内乱も容赦がなかった経緯がある。

つまり、フワンソールの息のかかった者が領主に任命された時、残った領民たちの命の保証はないんだ。少なくとも、差別の対象になるのは間違いない。

確実にその未来を回避する方法は、他領へ移民させること。双方の領主の許可が下りれば、安全に身柄を移せる手段だった。

彼としては、フォラナーダに移民を託したいんだろう。そういう気配を感じる。

しかし、この場に決定権を持つ者がいなかった。ビャクダイ側にはカイセルがいるけど、フォラナーダにはいない。援軍の中でもっとも地位の高いカロンであっても、そこまでの権力は有していないんだ。

かと言って、話を持ち帰る時間も残されていない。手続きを済ませる前に、フワンソール側の増援が押し寄せるか、領の引き渡しが終わってしまう。

重い沈黙が場を包む。

この場で解決案が出るわけがないことは、カイセルも理解していたはず。それでも口にしてしまったのは、「せっかく助かった命たちを、自分は守ることができない」という激しい悔いが、身を焦がしているためだと思う。彼の心は、いっぱいいっぱいいっぱいなんだ。

はあああああああああああ。

心のうちで盛大に溜息を吐く。

こんな話を聞いて、「それは大変ですねー」なんてスルーできようものなら、今回の援軍は出していない。何で、目の前で語っちゃうかなぁ。もしかして、オレの正体に気づいている？　もしそうなら、カイセルはめちゃくちゃ性格悪いよ。

オレは残り少ない魔力を上手くやり繰りし、書斎に防諜（ぼうちょう）用の結界を展開した。それから、声を一トーン落として言う。

「これから話すことは、他言無用でお願いします」

シスとしての口調は意識しない。そんな労力は無意味になるから。

この発言を聞いて、室内の人間の反応は二つに分かれた。オレの正体を知る騎士団の面々は苦笑い。事情を知らないビャクダイ夫妻は目を点にしている。

それらの反応を気に留めず、返事さえも求めず、オレはオレのすべきことを敢行した。すなわち、【偽装】の解除である。

自身にまとっていた魔力が解かれ、まるで川の流れのように、シスの姿が剥がれ落ちていく。そして、その下から現れるのは七歳児の容姿だった。

「「…………」」

オレの本当の姿を目撃した夫妻は、瞠目して固まっていた。驚愕しすぎて、完全に思考停止している。……いや、奥方に至っては気絶しているっぽい。目を開けたまま気絶とは、器用なマネをするヒトだ。

呆れと感心の気持ちを湛えながら、【偽装】が完全に解けるのを待つ。

数秒後。白髪薄紫目を取り戻したオレは姿勢を正し、改めてカイセルたちに向き合った。フォラナーダの実権を握る貴族の覇気を身にまとって。

オレの態度を受け、他の面々はそれぞれの対応をする。配下である騎士たちは、その場で立ち上がり最敬礼。我に返った夫妻は、状況に理解が及んでいなくとも、自然と居住まいを正した。

オレは貴族の礼を取りながら言う。

「改めまして、自己紹介をしましょう。私の名はゼクス・レヴィト・ユ・サン・フォラナーダと申します。此度の援軍の指揮官として、この地へ赴きました。以後お見知りおきを」

「フォラナーダ伯のご子息……」

呆然と呟くカイセル氏。

無理もない。成人男性の冒険者が、一瞬で七歳児の伯爵子息に変わったんだ。誰だって驚くし、ロクな反応はできない。

しばらくは思考が追いつかないだろうから、オレは構わず話を進めた。

「まず、正体を偽っていた無礼をお詫びいたします。ただ、こちらにも複雑な事情がありまして……どうか、ご寛恕(かんじょ)いただければ幸いです」

しっかり頭を下げつつも、悪意はなかったんだと言いわけを含めておく。

すると、比較的早く再起動を果たしたカイセルは、小さく頭を振った。

「そこまで畏(かしこ)まる必要はありませんよ。先程の姿の時も申し上げましたが、あなたは私たちの命の恩人です。しかも、何か言い知れぬ理由もある様子。責めることはもちろん、言及もしません」

「ありがとうございます」

一旦、会話が途切れる。

まだ話し合いたい内容はあったが、その前に為(な)すべきことがあった。そのためにも、カイセルの出方を待つ。

幾許か間を置き、呼吸を整えた彼は問うてくる。

「一つだけお尋ねしても、よろしいでしょうか？」

「答えられる範囲でなら」

「今回の救援を決定されたのは、貴殿で相違ありませんか？」

そういう質問か。確かに、彼の今後を決定する上で、重要な問いかけになる。

隠すこともなし。オレは素直に返した。

「はい。オルカの憂いを晴らすために、私が手を回しました」

「……なるほど」

政争にこそ負けたけど、オルカを事前に逃がしただけあって、ビャクダイ家の者は頭が切れるらしい。今の問答だけで、オレがフォラナーダの実権を握っていると把握した気配があった。

まぁ、この後に爵位を返上する彼に知られたところで、大きな痛手はない。どう動くか次第ではあるけど、無謀なマネはしないと信じよう。

カイセルは何度か一人で頷くと、おもむろに尋ねてきた。

「ご正体をお見せくださったということは、我が領民たちを救ってくださると考えてよろしいでしょうか？」

「ご明察です。生存者のすべてを、我が領に受け入れましょう」

彼の発言の通りだった。当初の予定では、オレの訪問を身内以外へ伝えるつもりはなかった。援軍に駆けつけたのはカロンやオルカたちであって、ゼクスは無関係を貫く方針だった。

それを翻したのは、ビャクダイ男爵領の生き残りの皆が、命の危機に瀕（ひん）しているためだ。せっかく助けたというのに、別の要因ですぐ死なれてしまっては、今回の仕事が徒労に終わってしまう。彼らの身を案じていた弟妹も、落ち込むに違いなかった。

ゆえに、オレは姿を現した。生存者らをフォラナーダに招くには、二つの領の代表者の合意が必須だから。オレとカイセルがこの場で決議すれば、即座に生存者たちを搬送できるのである。

オレの言葉を聞いたカイセルと奥方のリユーレは、嗚咽（おえつ）を漏らし始めた。

領民たちが助かると知って嬉しいのか、皆の命を預かっている重圧から解放された安堵か。その内心は窺い知れないけど、本心から喜んでいるのは理解できた。

「ありがとうございますッ。このご恩、一生忘れはしません！」

「私は義弟の家族に手を貸しただけですよ。そう難しく受け取らないでください」

オレがそう笑顔を向けると、夫妻はさらに号泣してしまった。

この騒ぎが収まるのは、もう少し時間がかかりそうだ。

# Epilogue　伝播する噂

ビャクダイ男爵領での一件後の話を、簡単にまとめよう。

はじめに、ビャクダイ男爵家は潰れた。長男のカイセルが宣言していたように、爵位を聖王陛下へと返上したんだ。元男爵領は、推測通りフワンソール伯爵の分家の手に渡った。

生き残った領民たちは、フォラナーダ伯爵領へ移送した。あの後、遠距離伝達の魔道具で増援を依頼し、駆けつけた騎士たちに護送させたのである。お陰で、ケガ一つなく彼らを届けることができた。

移民の受け入れ先は、フォラナーダの領都より程近い村にした。獣人族に偏見のない村民だと調べはついているし、保証金や税金の免除等の融通を利かせることができるため、問題は起こらないと思う。一応、しばらくは様子見させるつもりだが。

領都近郊にしたのは、フワンソール側の暗殺を警戒したため。獣人族の貴族を潰すという目的は達成できたので可能性は低いけど、オレの手が届く範囲なら助けやすい。

次に、ビャクダイ男爵の所属する、ガルバウダ派の貴族の顛末（てんまつ）について。

結論から言うと、残念ながら全滅してしまった。カイセルとの会話後、オレ単独で援軍に向かったんだが、すでに鏖殺（おうさつ）されていた。領民のほとんどは物言わぬ死体に成り果てており、捕獲されただろう貴族子女たちも輸送済みだった。痕跡からして、オレたちがビャクダイに到着した頃には、もう戦闘は終わっていたと推定できた。

それだけ、相手は本気でガルバウダ派を滅ぼすつもりだったんだろうけど、やるせない気分は拭えない。拾えそうだったモノを取りこぼしてしまった。そんな喪失感に襲われた。

無論、自分がすべての命を救えるなんて傲慢な気持ちは抱いていない。でもこの先、同じ事態に遭遇しても対処できるよう、いっそうの鍛錬に励もうと決心した。

そして、今回のフォラナーダの動きに対する他貴族の評価は、実のところ、そこまで高くない。よく考えれば当然だ。援軍を出したのに、助けられたのは僅かな領民と男爵の血統のみ。その男爵家も潰れたんだ。貴族からすれば、何も成果を出せなかったと評される。

ただ、例外も存在した。

まず、行軍速度関連。馬車で一ヶ月の距離を一日で走破したなんて話、最初は誰も信じなかったほどの規格外だ。それが真実だと知られた途端、問い合わせや間諜が絶えず訪れたくらいだった。

また、カロンの光魔法発現の報道が、聖王国内に激震を生んだ。現世の聖王国で、二人目の光魔法師の誕生なんだ。注目を浴びるのも無理はない。早速、カロンの身柄を欲する連中より、色々な手段で接触を受けている。

フォラナーダの実権を握ってから約二年。その期間を用いて伯爵領の力は蓄えられたので、今のところカロンを奪われる心配はいらないだろう。予期できていた事態ゆえに、政治的にも武力的にも対策は講じてある。懸念は一つ残っているけど、それればかりは風向きを見ながら対処するしかない。

とはいえ、想定よりも武力方面の策略は少なかった。

理由は察しがつく。おそらく、一部の武闘派貴族や民衆の間で、カロンの名声がうなぎ上りで高まっているためだろう。

今回の内乱介入でのカロンの活躍は、世間一般に広く喧伝されている。光魔法で生存者を癒し元気づけたことはもちろん、義兄を想って、援軍を嘆願したことも知れ渡っている。結果、家族思いで慈悲深い『陽光の聖女』として、カロンは有名になったわけだ。

聖女と呼ばれる人間を強襲するなんて、いくら何でも外聞が悪すぎる。たとえ、暗躍だったとしても、万が一露見した場合を想像すると躊躇うのが普通。ゆえに、なりふり構わない輩くらいしか、刺客の類は差し向けてこなかった。

――まぁ、全部予想通りなんですけどね。

内乱への介入を決意した時点で、この流れを画策していた。だからこそ、目立つように行軍したし、カロンの光魔法だって大々的に見せつけたんだ。そのうちバレると分かっていてコソコソするよりも、正々堂々と介入した方が印象も良い。

あと、世間に広がっている噂も、オレが手配したもの。カロンが正義側に見えるよう、民衆をあおれと諜報部隊に命令を下していた。世論を聞く限り、かなり上手く運んだと分かる。

諜報の充実している貴族なんかには、やがてフォラナーダの策動だと悟られてしまうとは思うが、その頃にはカロンの名声は高まり切っている。手出しのしようがないはずだ。

一時はどうなることかと心配だった今回の一件。何とか、得心のいく結末に落ち着いたと思う。

「内乱による影響は、こんなところだな」

執務室にて、オレは走らせていた筆を止める。

内乱から帰還して一ヶ月後。様々な処理に奔走していたのが落ち着き、ようやく腰を下ろせるようになった頃。今までの変化を整理しようと、オレは一連の流れを紙にまとめていた。お陰で、冷静に状況の分析ができるようになった。

元男爵家の面々や生存者たちは、とりあえず放置で良いな。暗殺の気配はまったく感じられない。あちらは、平民に落ちた彼らのことなど歯牙にもかけていないと思われる。

やはり、問題はカロン関連だった。今のところは対処できているけど、そこで油断しては、いつか手痛い失敗を仕出かす可能性も否めない。よりいっそう、伯爵領を大きくした方が安心だろう。

あとは例の懸念事項。これに関しては、その時が来ないと何とも言えないな。今のカロンは七歳半だから……最低でも二年後か。心の準備はしておこう。

オレがウンウンと唸っていると、傍に控えていたシオンが手元を覗いてきた。それから一言囁く。

「ご自身のことは、お書きにならなくても、よろしいのでしょうか？」

「自分のこと？」

首を傾げる。

メモを見て尋ねたんだし、内乱関連の話だとは思うけど、何かオレに関わる重要な案件はあったか？　まったく心当たりがない。

オレが真面目に悩んでいるのを知ると、彼女は大きく溜息を吐いた。

「ゼクスさま。ほんの僅かでも良いですから、ご自身へ関心をお向けになった方がよろしいですよ」

すると、仕事そっちのけで耳を傾けていたらしい部下たちが、一斉に頷き始めた。

えぇぇ。部下たちに心配されるほど、オレって自分へ関心ないか？

全然自覚がない。ここまで言われても、微塵も実感が湧かなかった。

こちらの様子を認めたシオンは、再び溜息を吐く。

こいつ、前より遠慮がなくなったな。いや、そっちの方がオレは良いんだけど、何か心境の変化でもあったんだろうか。

オレが思考を巡らせ始めた時、ここぞとばかりにシオンは指摘する。

「ほら、また他者のことをお考えになっていらっしゃいませんか？　ゼクスさまに関してのお話をしていたのに」

「あー……」

なるほど。確かに、自分への関心は薄いや。オレの話よりも、他のヒトの話題に気を取られる。

うーん。こうやって実例を出されないと自覚できないのは、かなりの重症だ。どうしたものの――

ん？

「どうかいたしましたか？」

オレが固まったのを見て、シオンが怪訝そうに尋ねてくる。

オレはあっけらかんと答えた。

「いやな。ここまで言われ続けないと自覚できないくらい重症なら、もはや手の施しようがないってことだし、治す必要はないかなって。そんな労力を割くより、他のことに力を注いだ方が生産的だろう」

それを聞いた彼女は、両手で頭を抱えて座り込んでしまった。見れば、他の重役たちも頭を抱えている。

えっ、何ごと？

「どうしたんだよ、みんな」

オレがそう問うと、全員が顔を上げて叫んだ。

「「「「「あなたのせいですよ！」」」」」

わお、息ピッタリ。

今日もフォラナーダ伯爵領は平和だった。

シオンの言っていた『ご自身のこと』について、後日改めて尋ねたところ、詳細が判明した。

何でも、オレの評判が著しく低下しているらしい。表向き、オレは内乱へ参戦しなかったため、『弟妹を戦場へ行かせたのに、自分は安全な領地に引きこもった臆病者』なんて囁かれているんだとか。

ふーむ、何が問題なんだろうか。カロンの評判同様に想定内のことだし、この程度の醜聞は放置でも良いと思うんだが。次期当主が危険地帯に向かわないのは、当然の判断と考える貴族も多いし。

そんな返しをしたら、執務室の時と同様のお叱りを受けてしまった。解せぬ。

# Interlude　愛を知る彼女（後）

△月○日

お兄さまが冒険者をなさっていると耳にし、オルカと突撃しました。

だって、ズルイではないですか。魔獣狩りという面白そうなことを、独り占めなさっているなんて。危険があるのは承知しておりますが、そういった経験は私も得たいのです。

案の定、お兄さまは渋られました。ですが、条件つきながらも、最終的には押し切ることに成功いたしました。思わず、オルカとハイタッチしてしまいました。少し、はしたなかったかもしれません。

魔獣狩りへの同行を願い出たのは正解でした。人里離れた森の空気は新鮮でしたし、自分の実力を客観的に確かめられましたし、さらに強くなれたように思えます。

しかも、お兄さまの戦うお姿を堪能できました！

お兄さま、格好良すぎます。これだけでハクメイ――お兄さまが好んで食べる白い穀物――を何杯も食べられそうです。おっと、あの場面を思い出したら鼻血が。

やはり、お兄さまは天才です。世間的には無属性は弱いと軽んじられているのに、それを苦ともせず、ご自身を高めておられます。誰も到達し得ていない技の数々を開発し、聞いたこともない知識まで披露してくださいます。お兄さまセンセーの授業では、いつも驚かされっぱなしです。

私(わたくし)やオルカもその一端の恩恵を受け、同年代では敵(かな)うものがいないほどの実力を獲得できました。本当に、お兄さまは素晴らしいお方です。

最近では、オルカとともにお兄さまを讃(たた)える会話ができるので、とても楽しい毎日が送れています。これもすべて、お兄さまのお陰ですね。

○●○●○

◎月×日
平和な日々を過ごしておりましたが、不穏な影が現れました。オルカのご実家に危機が訪れたようです。

伯爵家の利益を考えて援軍は出さないと決断されたお兄さまですが、そのお顔はとても辛(つら)そうでした。当然、オルカも意気消沈しています。

お二人は当然のこと、他の皆も口では納得したと言いつつ、まったく納得した表情をしておりませんでした。

そのような皆の姿を見ているのは胸が痛いです。お兄さまたちが苦しんでいるのに、何もできない自分が悔しくて堪りません。

……本当に、このまま何もせずにいて良いのでしょうか？　本当に、私は何もできないのでしょうか？

お兄さまが決断を下した後も、私は自問自答を続けました。痛む胸を押さえ、一人で必死に考えました。

そして、私は決意しました。やはり、このまま黙っていて良いはずがありません。絶対に行動を起こすべきです。だって、お兄さまに読み聞かせていただいた物語の主人公たちは、こういう時こそ、怖気づかず動いていらっしゃいました。利益は度外視して、心の赴くままに行動しておられました。

今こそ、私がお兄さまを支える番です！

私は重役の方々に話しかけて回りました。初めてお話しする方もいて緊張しましたが、何とか全員に手回しができました。あとは、お兄さまを説得するだけです。

私の予想通り、お兄さまは伯爵家の利益と己が感情で板挟みになっていらっしゃいました。一介の令嬢にすぎない私には、家を背負うことの重みを真に理解はできません。とても悔しいですが、その辺りの共感は諦めるしかないことです。

しかし、私は説得します。かつてお兄さまが仰られた『兄妹は支え合うものだ』という文言を出し、翻意を促します。心に従った方が、きっとお兄さまにとって良い未来が待っていると思うから。

必死の説得の甲斐あり、お兄さまは援軍を出す決断を下してくださいました。もちろん、私も同行いたします。

翌朝に事実を知ったオルカは心底驚いていましたが、嬉しそうでもありました。

◎月◇日
戦争とは、ここまで醜いモノなのかと、我が目を疑いました。

到着したビャクダイ男爵領の光景は惨いモノでした。あらゆるものは燃え尽き、生きている者は何一つ存在しない。地獄の如き世界が広がっていました。

あまりの凄惨さに目を背けたくなりますが、我慢します。この展開は、あらかじめお兄さまに伝えられていました。その上で、しっかり受け止めるよう忠告されていました。

無理はするなとも仰っていましたが、私にとってもオルカにとっても、逃げてはならぬことなのでしょう。であれば、目を逸らしません。

オルカもそれが理解できているようで、まっすぐ自らの故郷を見つめていました。そんな彼の背中を、私は優しく撫でます。

生存者は残っていました、男爵の領城に四十人ほど。

とても少ない人数……。貴族の勉強を始めたばかりの私でも理解できます。男爵領は、もはや存続不可能でしょう。領地運営のための人手が、圧倒的に不足しています。おそらく、オルカのお兄さまは爵位を返上するに違いありません。

それでも、命は繋がりました。敵兵の相手をお兄さまが買って出た以上、城内は安全です。何の心配もいりません。余計な心配はせず、私は私のできることをしましょう。

まず、ケガ人を集めさせ、治療に努めました。重傷者を優先して【上位治癒】で治します。今まで鍛錬を続けていた甲斐があり、すべてのケガ人を完治させられました。城内のうめき声は消え、ほんの少しだけ笑顔が戻ります。

治療の後は、オルカと一緒に雑用を手伝おうと考えておりましたが、そのような場合ではないと気がつきました。

城内の空気が酷く悪いのです。この場にいる方々全員は一様に顔色が悪く、その瞳に絶望を宿しておりました。

原因は分かり切っていました。避難した彼らは、未来に希望を持てないのでしょう。私たちの援軍により一時の命は繋ぎ止められましたが、その先は不透明です。

……いえ、ハッキリ申し上げた方が良いですね。ビャクダイ男爵が領を維持できない以上、領民の彼らが路頭に迷うのは目に見えております。家も職も失った彼らの未来は、暗闇に覆われているのです。

その深すぎる闇は、運営側の知識がなくとも察知できるほど。ゆえに、彼らは怯え、恐怖していらっしゃる。避けようのない大穴を前に、立ち竦むしかないのでしょう。

絶望し項垂れる彼らを目の当たりにした私は、いつの間にか声を上げていました。後回しになっていた軽傷者を【広域治癒】で治しつつ、湧き上がる思いの丈を次々と吐き出していました。

僅かに振り返るだけでも身悶えてしまいます。たった七歳の小娘が、何を偉そうに申しているのか。そう指摘したくなるような内容でした。

しかし、そのような小娘のセリフでも、彼らに勇気を分け与えられたみたいでした。暗い空気は徐々に払拭され、最後は皆、笑顔を見せてくださいました。

本当に良かったです。心の底より、安堵いたしました。

ただ、一つだけ困ったことが。いえ、誰かが倒れたとか、戦況が悪くなったとか、そういう類の難事ではありません。他者からすれば、ほんの些細な困りごとです。

というのも、男爵領の皆さんが、私のことを『陽光の聖女』などと呼称し始めたのです。

私、聖女などと呼ばれるほど立派な人間ではありません。お兄さまが大好きで、ちょっぴり光魔法が使えるだけの、普通の貴族令嬢です。過大な評価は喜びや照れくささを置き去りにして、ただただ困惑するばかりです。

お兄さまが護衛に付けてくださったシオンへ相談しましたら、「お嬢さまのなさっていることは、聖女と呼ぶに相応しいものです。胸を張ってください」と返されてしまいました。他の騎士の方も同様。まったく役に立ちません。

私は、お兄さまがお褒めくださるだけで十分なのに……。

いくら訂正しようとも、聖女呼びが変わる兆しは見られなかったので、諦めました。もう良いですよ、聖女で。お好きに呼んでください。

ちなみに、領城前で行われていた戦闘は圧勝で終わったとか。お兄さまが敵将を無傷で討ち取ったらしいです。さすがはお兄さま！

武功を上げたお兄さまを労いたかったのですが、残念ながら叶いませんでした。今のお兄さまは冒険者シスとして活動しているので、必要以上に親しくしてはいけないようです。依頼人の娘として謝意を述べるのもダメだそうです。無念。

その後もお兄さまと接触できる機会は巡ってこず、結局は帰りの馬車の中が久々の再会でした。

無論、思いっきり抱き締めましたとも。絶対に離しません！

後日談と申しましょうか。内乱関連で、あとあと伺った話です。

どうにも元男爵領の方々が領城での出来事を喧伝(けんでん)したらしく、『陽光の聖女』が私(わたくし)の正式な二つ名になってしまいました。恥ずかしくて表を歩けません。まぁ、城下町を【偽装】なしで歩いたことはありませんが。

あと、どうしても許せないことがあります。

何と、お兄さまの悪い噂(うわさ)が流れていると言うではありませんか！　どこの誰が流し始めたか知りませんが、いつか見つけ出して燃やし尽くしてやります。絶対にですッ。

○●○●○

私の日常は、お兄さまのお陰で鮮やかに彩られています。お兄さまがいらっしゃらない生活など考えられなくて……。

もし、あの方がいらっしゃらない世界があるのだとしたら、きっと灰色でつまらない毎日なのでしょう。大事な何かが欠如した、どうしようもない日々を過ごすのでしょう。そのような世界、考えただけでも恐怖で震えてしまいます。

私はお兄さまを愛しています。心の底よりお慕いしております。なくてはならない存在です。

この感情が家族へ向けるものなのか、以前の書物で読んだ〝恋〟という代物なのか。それは幼い私には判然といたしません。

しかし、これだけは断言できます。

私は、ずっとお兄さまのお傍にいます。立ち続けます。たとえ世界が敵として立ちはだかろうとも、私はお兄さまの妹です。これは不変の真理なのです。

# あとがき

この度は拙作をお手に取ってくださり、誠にありがとうございます。筆者の泉里侑希（みずさとゆうき）と申します。拙作は、私にとって初の書籍作品です。感無量という他、今の私の気持ちを表す言葉はないでしょう。オファーを受け取った時は跳び上がって喜びましたからね（実話）。

さて。前置きも程々に、作品の中身に触れていきましょう。

といっても、そう難しくはありません。タイトルの通り、死ぬ運命にある妹を救うため、色々と努力する兄の物語です。その過程で最強になったり、ハーレムを築いたりしますが、最終目標は最愛の妹を救うこと一点です。シスコン視点でお送りする奮闘記と、可愛（かわい）い可愛い妹の姿をご堪能いただければ幸いです。

最後に謝辞を。

拙作を拾い上げてくださったオーバーラップさま、担当編集さま。美麗なイラストを手掛けてくださったタムラヨウさま。私の拙い文章を手直ししてくださった校正者さま。そして、ウェブ時代より応援してくださっている読者の皆さま。拙作がこうして書籍化に至ったのは、皆さまのご助力と応援のお陰です。本当にありがとうございました。今後とも、応援してくださると嬉（うれ）しいです。

追伸。現在、コミカライズ企画が進行中です。続報を期待してお待ちください。

# 死ぬ運命にある悪役令嬢の兄に転生したので、妹を育てて未来を変えたいと思います 1

～世界最強はオレだけど、世界最カワは妹に違いない～


発行　2023年8月25日　初版第一刷発行

著者　泉里侑希
イラスト　タムラヨウ
発行者　永田勝治
発行所　株式会社オーバーラップ
〒141-0031
東京都品川区西五反田8-1-5
校正・DTP　株式会社鷗来堂
印刷・製本　大日本印刷株式会社





ISBN 978-4-8240-0584-7 C0093





【オーバーラップ　カスタマーサポート】
電話　03-6219-0850
受付時間　10時～18時（土日祝日をのぞく）


**作品のご感想、ファンレターをお待ちしています**

あて先：〒141-0031　東京都品川区西五反田8-1-5 五反田光和ビル4階　ライトノベル編集部

「泉里侑希」先生係／「タムラヨウ」先生係

**スマホ、PCからWEBアンケートにご協力ください**

アンケートにご協力いただいた方には、下記スペシャルコンテンツをプレゼントします。
★本書イラストの「無料壁紙」　★毎月10名様に抽選で「図書カード（1000円分）」

公式HPもしくは左記の二次元バーコードまたはURLよりアクセスしてください。

▶ https://over-lap.co.jp/824005847

※スマートフォンとPCからのアクセスにのみ対応しております。
※サイトへのアクセスや登録時に発生する通信費等はご負担ください。

オーバーラップノベルス公式HP ▶ https://over-lap.co.jp/lnv/